후쿠시마에 두고 온

빨간 목줄의 파로

AKAI KUBIWA NO PARO

Copyright ⓒ 2014 Taichi KATO

Original Japanese edition published by Choubunsha Publishing, Co., Ltd.

Korean translation rights arranged with Choubunsha Publishing, Co., Ltd., through Shinwon Agency Co.

Korean translation rights ⓒ 2015 by Achimyisul Publishing Co.

All rights reserved.

이 도서의 국립중앙도서관 출판시도서목록(CIP)은
e-CIP 홈페이지(http://www.nl.go.kr/cip.php)에서 이용하실 수 있습니다.

아침이슬 청소년 ✳ 015

후쿠시마에 두고 온

빨간 목줄의 파로

첫판 1쇄 펴낸날 · 2016년 1월 25일

지은이 · 카토 타이치
옮긴이 · 신일철
펴낸이 · 박성규

펴낸곳 · 도서출판 아침이슬
등록 · 1999년 1월 9일(제10-1699호)
주소 · 서울 은평구 불광로11길 7-7(201호)

전화 · 02) 332-6106
팩스 · 02) 322-1740
이메일 · 21cmdew@hanmail.net

ISBN 978-6429-139-9 43830

아침이슬 청소년 * 015

후쿠시마에 두고 온

빨간 목줄의 파로

카토 타이치 지음
신일철 옮김

아침이슬

차례

1 홋카이도로 가다

할머니에게서 온 편지

후쿠시마에 남아 있는 할머니에게서 편지가 왔다. 이
번에 온 것까지 합쳐 세 번째이다.

동일본 대지진이 일어나고 두 달이 지날 무렵이었다.

유리카. 홋카이도는 춥지 않니?

빨리 돌아오렴. 5월이 되었는데 거긴 아직도 벚꽃이
피지 않았지?

네 엄마는 어쩔 수 없다고 하더라도, 너만이라도 돌
아왔으면 좋겠구나.

네 아빠가 쓸쓸해 하는 것 같다. 입원한 할아버지도
유리카를 많이 보고 싶어 한단다.

유리카는 바로 답장을 썼다.

편지를 쓰는데 예전 생각이 떠올랐다. 같이 목욕을 할 때 할머니의 그 큰 목소리, 그리고 짓궂은 장난을 치면 그만하라며 말릴 때 입 주변에 잡히는 주름까지.

편지는 엄마가 일터에서 돌아오기 전에 부치는 것이 좋겠다는 생각이 들었다. 엄마와 할머니는 전부터 그다지 사이가 좋지 않았다.

할머니.

편지 고맙습니다. 체육관 피난소에서 가설 주택으로 옮길 수 있어 다행이에요.

삿포로는 생각만큼 춥지 않아요. 바람이 찬 날도 있지만, 집안은 굉장히 따뜻해요. 연통이 달린 석유난로를 켜면 더워서 스웨터를 벗고 아이스크림을 먹기도 해요.

그리고…… 엄마와 저는 그곳으로 돌아가지 않을 것 같아요.

토모에 상은 늘 얘기해요. "가족이 다 여기로 옮겨. 할아버지가 입원하실 수 있는 병원도 확실하게 알아볼 테니까. 지금까지의 생활 스타일을 바꾸면 돈 없어도 즐겁게 생활할 수 있어. 그렇게 살아가는 방법을 가르쳐 줄게."라고요.

할머니로부터 바로 답장이 왔다.

유리카. 너무 냉정한 말은 하지 말아 줘. 나는 조상 대대로 이곳에서 살아왔어. 무슨 일이 있어도 이곳을 떠날 수는 없단다.

친척들도 형제자매들도 모두 이곳에 있어. 친구들도, 논도 밭도 산도 집도 산소도 여기에 있고.

너와 토모야는 이 집안의 소중한 후계자야. 돌아와야 해.

네 엄마는 다른 집안에서 들어온 사람이지만, 유리카 너는 이 집 사람이란다.

부디 돌아오거라. 할머니가 손녀에게 이렇게 부탁하는 일은 드문 일이란다……. 부탁합니다. 돌아와 주세요.

그리고 토모에 상이라는 사람도 결국은 엄마 친구잖니? 할머니 말보다 그 사람 말을 듣겠다는 거야?

아무리 말해도 끝이 없을 것 같다는 생각이 들어, 유리 카는 화제를 돌려 다른 이야기를 쓰기로 했다.

사실 마음속으로는 제일 먼저 쓰고 싶었던 이야기였다.

할머니.

유리카도 중요한 부탁이 있어요.

그건요, 우리 강아지 파로 이야기에요.

그날 밤, 강제로 피난 버스를 타면서 억지로 떼어 놓고 온 파로가 어떻게 살고 있는지, 알려 주셨으면 해요. 건강하게 잘 있는지 항상 걱정하고 있어요.

할머니. 파로 녀석, 건강하게 잘 있겠지요? 영리하니까, 사람이 먹이를 주지 않더라도 곤충이나 개구리, 하다못해 지렁이라도 먹으면서 살아 있겠지요? 분명히 살아 있겠지요?

그런데 하얀 털이 때를 타서 혹시 진흙투성이로 변해 버린 것은 아닐까요?

그래도 빨간 목줄을 하고 있으니까 금방 알아볼 수 있을 거예요.

부탁해요, 할머니.

관청 직원을 동반하면 한 시간 정도는 자신이 살던 집에 들어가 살펴볼 수 있다는 것을 유리카는 알고 있었다. 그런데 답장이 오지 않았다.

　유리카는 집요하게 다시 편지를 썼다. 파로의 문제이기 때문이었다.

　　할머니.

　　파로를 살펴봐 달라고 해서 곤란하신 거예요? 아니면, 무릎이 너무 아파서 병원에 다니고 계시는 거예요?

　　파로가 건강하게 잘 있는지 걱정이 돼요. 빨간 목줄을 찾아봐 주세요. 주인이 없어 들개가 된 개가 백 마리 있어도 파로는 빨간색이니까 분명히 눈에 쉽게 띌 거예요.

　　3학년 때 이곳으로 왔던 유리카는 지금 4학년 학생이 되었어요.

　　학교는 급식도 너무 맛있고 좋은 학교랍니다.

　　파로의 일, 부탁드려요.

　기다리다 지쳤을 무렵, 할머니로부터 편지가 왔다.

그런데 편지글이 왠지 낯설었다. 말투가 너무 정중했기 때문이다.

유리카에게.
학교 급식을 맛있어 하며 왕성하게 먹는 것은 후쿠시마에서 학교를 다닐 때와 변함없는 모습이어서 기쁘게 생각합니다.
보고 왔어요. 파로는 건강했습니다.
다른 개들과 함께 아무도 없는 동네를 이리저리 뛰어다니고 있었습니다.

지진과 쓰나미, 그리고 다음 날 원자력발전소 폭발 사고가 일어났을 때, 정부의 지침이 떨어졌다. 원전에서 3킬로미터 밖에 거주하고 있는 사람들은 피난을 할 것인지 말 것인지를 스스로 결정해도 좋다!
유리카가 살던 곳은 산과 가까운 곳이었기 때문에 쓰나미는 밀려들지 않았다. 대신 지진으로 집이 일부 파손되었다. 그래도 수리를 하면 그런대로 살 수 있을 만큼은 되었다.
동네에서 피난을 떠나는 집은 그다지 많지 않았다. 유

리카네 집도 현관문이 열리지 않고, 욕실이 부서지고, 지붕의 절반 정도가 주저앉았지만 생활은 할 수 있었다. 관청에서 보낸 급수차도 동네 이곳저곳을 돌아다녔다.

그런데, 그날 밤 늦은 시각에 방침이 바뀌었다.

─강제 사항입니다. 전원 피난하십시오. 모두 버스에 타셔야 합니다.

결국 마을 사람 모두 인근의 어느 학교 체육관으로 이동할 수 밖에 없었다.

원전에서 산 쪽으로 20킬로미터 정도 떨어져 있는 이 마을의 읍장이 정부 지침이 내려오기 전에, 그러니까 지진이 있던 날 밤 전격적으로 강제 피난을 결정한 것이다. 가까운 지역이기 때문에 원전이 위험하다는 소문을 이미 알고 있었던 것이다. 실제로 지진 발생 다음 날인 3월 12일 오후 3시 36분, 원전 1호기에서 수소 폭발이 있었다.

이런 흐름과는 별도로 원전 관계자와 가족은 폭발 전에 탈출했다는 사실이 나중에 밝혀지기도 했다.

어쨌거나 아직 정부의 지침이 없다는 이유로 강제로 피난하지 않았던 다른 마을의 주민들은 방사능이 쏟아져 내리는 위험한 곳에서 사흘간이나 무방비로 지내고 있었던 것이다.

유리카는 엄마가 원전이 폭발했던 다음 날 삿포로에 사는 친구 토모에 상과 전화로 이야기를 나누던 장면을 기억한다.

엄마는 통화 중간에 유리카도 들을 수 있도록 휴대폰을 스피커폰으로 전환했다.

토모에 상의 목소리는 컸다.

—저기 말이야. 가져올 것은 팬티하고 칫솔이면 충분해. 그리고 몸.

유리카까지 포함해서 세 명은 크게 웃음을 터뜨렸다.

—아시겠어요! 생명이 최고. 그것은 다섯 번째. 저것은 여섯 번째.

토모에 상은 이렇게 말하고 전화를 끊었는데 유리카는 무슨 말인지 알 수 없었다.

"있잖아 엄마. 다섯 번째는 뭐고, 여섯 번째는 뭐야?"

엄마는 빙긋 웃었다.

"무엇일까요? 유리카가 스스로 생각해 보면 알 수 있을 거야."

홋카이도로 피난을 오기까지 여러 일이 있었지만, 결

국 유리카와 토모야, 엄마는 원전 폭발 닷새 후인 3월 17일에 후쿠시마를 떠났다.

떠나기까지는 우여곡절이 있었다.

"서둘러 피할 필요는 없어. 그런 사람 아무도 없다니까!"

할머니는 결사 반대였다.

엄마는 조용히 말했다.

"지진과 쓰나미가 확실히 무섭기는 하지만, 예전부터 수도 없이 많이 있어 왔어요. 그럴 때마다 다시 복구해서 살아갈 수 있었어요. 그렇죠? 하지만, 방사능은 그리 간단한 것이 아니에요. 보이지도 않고, 냄새도 없어요. 더 무서운 것은 그렇게 몇 년, 몇 십 년 축적되면 몸이 결딴이 나고 만다는 거예요. 유전자가 이상해지면 더 이상 아이를 낳을 수도 없게 된대요. 지금 살아 있는 아이들뿐만이 아니라 배 속에 있는 아이까지도 위험해지는 거예요. 이게 방사능이에요. 아이들은 어른들보다 몇 배나 더 방사능에 약하고, 그 아이들보다도 더 약한 것이 유전자나 미생물이에요."

"자네, 아이를 또 임신한 거야?"

엄마는 풋, 웃고 나서 이야기를 이어 갔다.

"어머님. 유리카는 여자아이입니다. 태어날 때부터 난소를 가지고 있어요. 아직 성장하지 않았지만 난자를 가지고 있는 여자아이에요."

그 무렵, 아빠는 회사에 묵으면서 일에 매달려 있었다. 컴퓨터 분야의 책임자였기 때문에 일이 보통 많은 게 아니었다. 엄마도 같은 회사에서 파트타임으로 일하고 있었다.

할머니가 말투를 바꾸었다.

"자네는 우리를 뒷전에 두고, 아범하고만 이야기를 끝내고……. 그래, 어쩔 작정인 거야?"

"죄송합니다. 애들 아빠에게 먼저 이야기를 했습니다. 생활비 문제도 있고 해서. 아빠는 잠시 더 이곳에서 일을 하면서……."

"그렇구나, 그랬어. 우리 늙은이들은 어찌 되어도 상관없다는 거지?"

그날 밤 늦게 종갓집 아저씨가 왔다. 원래는 관청에서 높은 직위에 있던 사람이었다.

"피난을 가고 싶어도 갈 수 없는 사람도 있어. 이 마을의 장래는 어떻게 되던 상관없다는 거야? 고향을 버리고 나가면, 그걸로 끝나는 거야?"

엄마는 창백한 얼굴로 단호하게 말했다.

"생명이 제일입니다."

엄마는 각오가 선 듯 정면을 쳐다보며 말했다.

"허어, 그래? 그럼 두 번째는 어떡하고, 세 번째는 어떡할 건데?"

유리카는 이때 확실한 깨달음 같은 것이 느껴졌다.

─유리카의 목숨은 유리카 것이다.

외치고 싶었지만, 참았다.

─유리카의 목숨은 아저씨 것이 아니잖아요. 무슨 말씀을 하시는 거예요.

어른이 되면 언젠가는 아저씨에게 이렇게 말해 주고 싶었다.

유리카는 빨리 어른이 되고 싶다는 생각이 들었다.

귀염둥이 파로를 만나다

'파로, 힘내!' 라는 생각을 할 때마다 유리카는 파로와 처음 만났던 날을 떠올린다.

1년 전쯤의 어느 날이었다. 아빠가 유리카와 동생 토모야를 차에 태워 드라이브를 시켜 주었다.

아빠는 멀리 원전이 보이는 도로를 달려 산 쪽으로 향했다. 산 속에 있는 녹색 연못을 보기 위해서였다.

잠시 산길로 접어들어 달리다가 아빠는 한 농가 쪽으로 난 길로 차를 몰았다.

"빨리 연못으로 가요."

"조금만 참으렴. 연못은 도망가는 게 아니잖니?"

농가는 아빠의 고등학교 친구가 사는 집이었다. 그 아저씨는 혈통증명서가 있는 개를 키워 강아지를 낳으면,

그것들을 동물가게에 파는 애완견 브리더라는 일을 하고 있다고 했다.

유리카 일행이 차에서 내리자, 학창 시절 스모부 주장이었다는 아저씨가 두 팔을 벌리며 맞아 주었다.

"오, 오. 딱 맞췄어, 때맞춰 와 주었네. 이건 정말 신이 데려다주신 거야. 잘 왔어."

어깨를 껴안긴 아빠는 아저씨를 마주 안으며 잠깐 멍한 표정을 지었다.

"잘 왔어. 새끼 강아지가 있는데, 이놈을 자네에게 주겠네. 키울 수 있겠지?"

"기다려 봐. 자네 집 강아지는 새끼라도 몇 만 엔씩이나 하잖나?"

"아니, 그게 아니고, 일단 보고 이야기하자고."

집 뒤뜰로 돌아가자, 작은 개집들이 죽 늘어서 있는데 그중 한 칸에 털이 하얀 새끼 강아지 한 마리가 들어 있었다. 그 강아지는 혼자라 쓸쓸한 듯 이상한 소리로 울었다.

─파로로, 파로로. 파로, 로.

"어서 안아 봐."

강아지는 곧 유리카의 가슴으로 파고들었다. 마치 하

얀 인형 같았다.

"우와! 귀여워."

아빠는 '이 비싼 것을 갑자기 아이들에게 안겨 주다니' 하는 어리둥절한 표정이었다.

"나도, 나도……."

졸라 대는 토모야의 손을 아빠가 제지했다. 그리고 강아지를 유리카에게서 떼어 냈다.

"부탁해. 이 녀석은 팔고 남은 거야."

소형견으로 흔치않은 화이트 테리어. 순종 혈통증명서를 가진 어미개가 새끼를 여섯 마리나 낳았단다. 털이 하얀 이 개는 다 커도 작고 귀여워 애완견 가게에서 인기가 많았다. 하지만 이 녀석은 흠이 있다고 했다.

"봐, 여기. 털 전체가 흰색이어야 하는데 눈 밑 부분이 갈색이야. 가끔 이런 녀석들이 나오지."

그러고 보니 눈이 마치 네 개인 것처럼 보였다.

"자기가 그렇게 태어난 줄 아는지 유별나게 사람을 잘 따른다네. 자네가 데려다 키우게."

"이렇게나 귀여운 녀석인데, 조금 싸게 팔면 되잖아?"

"안 돼. 안 돼. 그런 짓을 하면 내 신용은 날아가 버려."

아빠가 힐끗 유리카를 쳐다보았다. 유리카도 눈으로

대답했다.

"알겠네. 내가 받겠네. 대신 돈은 조금만 내고……."

"안 된다니까. 어쨌든 파는 것이 되잖아. 그 대신에 어디 멀리 떨어진 공원 부근에서 주웠다는 것으로 해 주게. 부탁해!"

"좋아."

"밤중에 강변에 갖다 버리려고도 해봤는데 차마 그럴 수가 없었어."

이름은 바로 정해졌다. '파로로, 파로로' 쓸쓸함이 밴 소리, 그것이 이름이 되었다.

저축한 용돈으로 멋진 빨간색 목줄도 샀다.

이렇게 파로는 유리카 곁으로 왔다.

지진이 일어난 날

2011년.

3월 11일, 금요일.

유리카는 번개처럼 달려서 집으로 왔다. 어서 빨리 파로와 놀고 싶은 마음뿐이었다. 청소 당번이었지만 청소는 적당히 해치우고 집으로 달음박질을 쳤다.

오다가 눈이 남은 길에서 미끄러져 무릎에 피가 나기도 했다. 그래서 유리카는 이 날을 더욱 잊지 못한다.

말랑한 공을 멀리 던지면 파로가 종종거리며 달려가 입에 물고 돌아온다. 유리카는 이 놀이를 몇 번이나 했는지 모른다.

놀다 지쳐 방으로 들어와 할머니가 만들어 준 단팥죽을 먹고 있을 때였다.

갑자기 지진이 났다.

식탁과 의자가 맞부딪쳤고, 유리카는 똑바로 서려고 해봤으나 그대로 옆으로 나동그라졌다.

"유리카! 테이블 밑으로! 빨리 기어 들어가!"

할머니와 둘이 바닥에 웅크리고 있는데, 건너편에서 TV가 스르륵 미끄러지는가 싶더니 홀러덩 뒤집어졌다. 이어 선반 위에 있던 것들이 우르르 떨어져 내렸다. 설탕 그릇이 떨어져 일대가 하얗게 변했다.

찬장이 폭삭 내려앉고, 안에 들어 있던 갖가지 물건들이 와장창 깨졌다.

아빠가 아껴 마시던 브랜디 양주병은 깨지지는 않았지만, 출입구 부근까지 날아가 버렸다.

"무섭다. 유리카, 다친 데는 없니?"

"어마어마했어요. 이렇게 큰 지진은 처음이에요."

"할머니도 이런 건 생전 처음이다."

유리카는 할머니의 허리춤 언저리를 붙잡고 엉거주춤 일어섰다.

"물 좀 주겠니?"

유리카는 할머니 전용 찻잔을 집어 들었다. 그때 다시 사방이 흔들렸다.

유리카는 싱크대를 붙잡았다.

"물은 나오니?"

"응, 나와……. 어, 어, 어, 멈추네. 할머니, 물이 안 나와!"

"유리카, TV 좀 켜 봐. 뉴스 봐야 돼."

유리카는 바닥에 구르는 TV 전기코드를 연결했다.

"할머니, 전기도 안 들어오는 것 같아."

"이거, 큰일이네. 몇 백 명, 아니 몇 만 명 사망자가 나올 거 같은데…… 할아버지는 병원에 있으니까 안전하겠지?"

할머니는 입원해 있는 할아버지가 걱정되는 모양이었다.

유리카는 엄마, 아빠를 생각하고 있었다. 괜찮을까? 엄마, 아빠는.

"회사에 있는 사람도 크게 걱정할 것 없어. 우리 집도, 아빠 회사도 쓰나미가 오진 않을 거다. 제일 걱정되는 건 해안 가까운 곳에 사는 사람들이지."

그때, 다시 옆으로 크게 흔들렸다. 집 전체가 삐걱삐걱 소리를 내며 흔들렸다.

"할머니, 밖으로 나가요. 참, 토모야네 보육원은 괜찮을까요?”

할머니가 등 뒤에서 감싸듯 유리카를 안아 주었다.

저녁 무렵이 되어서야 엄마와 아빠가 돌아왔다. 진흙 투성이었다. 도로도 다리도 끊겨 중간부터는 차에서 내려 걸어왔다고 했다. 아빠는 토모야를 업고 있었다.

아빠는 몹시 지쳐 보였다. 토모야는 아빠 등에서 새근새근 잠에 빠져 있었다.

토모야를 방석 위에 눕힌 뒤 아빠는 꾸벅꾸벅 졸기 시작했다.

“TV 켜 봐.”

할머니가 다시 말했다. 좀 전에 켜 봤잖아요, 대답하려던 유리카는 순간 피식 웃음이 나왔다. 전기가 없으면 TV는 그저 단순한 검정색 상자에 불과했다. 냉장고는 흰색 상자.

잠시 후 할머니, 엄마, 유리카 셋은 급수차가 있는 곳으로 물을 받으러 갔다. 피곤에 지쳐 있는 아빠는 그대로 쉬게 두었다.

급수차 주변에는 사람들이 길게 줄을 서 있었다.

“이렇게 밖에 서 있어도 괜찮을까요? 괜찮겠지요?”

누군가 뒤에서 말을 걸어 왔다.

1학년 나오코의 엄마였다. 나오코네 집은 유리카네 집의 옆에 옆집이었다.

유리카가 태어났을 때, 엄마는 〈원자력발전소를 생각하는 모임〉 서명을 받으러 이 집 저 집을 돌아다닌 적이 있었다. 이런 일을 하는 것이 과연 옳은 일인가, 라는 생각에 주뼛거리며 아이가 있는 집만을 골라 돌았다. 〈생각하는 모임〉은 소식지도 배포했었다.

—행정기관에서 말하는 것처럼 원전이 정말로 안전하다면, 왜 도쿄 같은 대도시에 만들지 않을까요?

—이상하다고 생각지 않으세요? 당신은 어떻게 생각하십니까?

당시 동네 분위기는 이런 말을 함부로 하기가 어려웠다. 그래서 생각한 것을 입 밖으로 내는 것을 스스로 삼가야 했다. 모두의 미움을 받지는 않을까…… 엄마는 가슴을 졸이면서 돌아다녔다.

그때 그런 마음을 알아준 사람이 나오코의 엄마였다.

엄마는 반색을 하며 나오코 엄마 곁으로 달려갔다. 엄마가 말했다.

"저기, 혹시 그것이 어찌 되기라도 했다면, 지진이나

쓰나미보다 무시무시한 일이 벌어지고 말 거예요. 이 정도라면 결코 온전치 못할 거란 생각이 들어요."

두 엄마는 몸을 가까이 모으고 소곤거렸다. 그러다가 곧 눈과 눈으로 대화를 하듯 목소리를 죽였다. 무심코 큰 목소리로 말을 했다가는 소란이 벌어질 것을 염려하는 듯했다. 주위에는 전혀 의심을 하지 않는 사람, 설령 의심을 하더라도 입 밖으로는 내지 않을 사람들뿐이었다.

유리카가 사는 동네는 산과 가까워 피해가 심하지 않았지만, 후쿠시마의 바다 쪽은 지진과 쓰나미로 입은 피해가 엄청 컸다.

후쿠시마 북쪽 지역인 미야기 현도 지진과 쓰나미에 속수무책으로 당했다.

더 북쪽에 있는 이와테 현은 원자력발전소는 없지만, 지진과 쓰나미로 입은 피해가 가장 심했다. 그곳에서는 쓰나미가 지진을 뒤따라 곧바로 들이닥쳤다.

동북 지방의 태평양 연안 쪽에서는 지금까지 본 적이 없던, 시꺼먼 벽 같은 높은 파도가 무시무시한 소리를 내며 모든 것을 삼켰다. 커다란 배가 건물 위에 걸리고, 수많은 사람들이 쓰나미에 휩쓸려 나갔다.

어렵게 2층까지 도망을 쳤는데 그 집이 송두리째 물살에 휩쓸리면서 온 가족이 희생되기도 했고, 콘크리트 건물 3층으로 피난해서 안심하고 있다가 끝내 목숨을 건지지 못한 사람들도 있었다.

모두 산 쪽으로 도망치던 중에 가족을 찾겠다고 되돌아갔다가 물에 휘말린 사람들도 부지기수, 높은 언덕이나 산으로 도망친 사람들만 겨우 살아남았다.

쓰나미가 닥치면 같이 움직이지 말고 뿔뿔이 흩어져서 도망치라 했던, 옛날부터 전해 내려오던 말을 따랐던 사람들만 살아남은 것이다.

피난하기 전에 줄을 세워 인원수를 헤아리던 동북 지방의 어느 초등학교에서는 선생님과 아이들이 모두 쓰나미에 휩쓸려 죽었다. …… 이런 내용들이 TV 등으로 전 국민에게 알려졌다. 그러나 정작 정전이 된 이 지역 사람들은 그런 TV 뉴스조차 볼 수가 없었다.

지진, 쓰나미, 원전 폭발 사고 뉴스는 전 세계로 전파되어 나갔다.

일본은 옛날부터 지진의 나라, 쓰나미의 나라로 세계적으로 알려져 있었다. 특히 쓰나미는 TSUNAMI라는 영문 표기로 큰 영어사전에 등재되어 있을 정도였다.

결국 2011년 3월 11일의 '동일본 대지진'으로 사망자, 행방불명자 수는 2만 명이 넘었다.

이것만으로도 큰일이었는데, 지진과 쓰나미가 있던 다음 날, 원자력발전소가 폭발하는 어마어마한 일이 터지고 만 것이다.

파로를 남겨 두고

지진이 일어났던 날의 늦은 밤.

유리카는 그때의 일을 절대로 잊을 수가 없다.

유리카가 살던 동네로 관청 자동차가 굉장히 큰 소리로 스피커 방송을 하면서 들어왔다.

방송차 뒤를 이어 주민들을 태울 버스가 긴 행렬을 이루며 따라왔다.

"여러분, 버스를 타세요. 빨리, 빨리! 서두르세요!"

"다시 말씀드립니다. 서두르세요! 큰 짐은 안 됩니다!"

방송 목소리가 점점 커졌다.

"이것은 여기로! 누구든 절대로 남을 수 없습니다!"

"빨리 서두르세요. 아, 그렇게 큰 것은 안 된다니까요!"

작은 물건이라며 불단을 안고 온 노부부에게 직원이 호통을 쳤다.

유리카 가족도 줄을 서서 순서를 기다렸다. 양말이나 속옷 등 작은 보따리를 챙겨 들었다.

유리카는 현관을 나오면서 파로를 안았다. 할머니가 든 가방보다도 작았기 때문에 분명 태워 줄 것이었다.

유리카, 할머니, 토모야, 엄마 순서로 줄을 서서 조금씩 앞으로 나아갔다. 아빠는 이미 회사로 돌아갔고, 할아버지는 현재 병원에 입원한 상태였다. 두 분 모두 잘 피했을까? 아빠 회사는 이곳보다 원전에서 멀리 떨어져 있기 때문에 그나마 안심이 되었다.

"귀한 개네."

머리 위쪽에서 목소리가 들렸다. 키가 멀쑥이 크며 희고 긴 머리카락을 뒤로 넘겨 고무줄로 묶은 아주머니였는데 낯익은 얼굴은 아니었다.

그녀는 파로를 보고 빙긋 웃었다. 치아가 다 빠져 작게 오므린 입이 귀여웠다. 아주머니는 유리카의 가슴에 안겨 있는 파로의 등을 가만히 쓰다듬어 주었다.

앞에서는 커다란 보자기를 등에 진 아주머니가 직원에게 꾸지람을 듣고 있었다.

"큰 것은 안 된다고 했잖아요."

"이걸 못 가져가면 난 죽으려 해도 죽을 수가 없어. 나는 이걸 절대 놓고 갈 수가 없어요."

"도대체 뭔데 그러세요?"

"조상님들 위패요. 불단이고 뭐고 다 버리고 가지만, 이것만은 가져가야 해요."

위패는 어림잡아 30개 이상은 됨 직했다.

다시 머리 위쪽에서 목소리가 들렸다. 아까 파로를 보고 웃어 주던 그 아주머니였다. 목소리가 쉬어서 꼭 남자 목소리 같았다.

"왜 이렇게 서두르는 거야. 지진도 쓰나미도 이제 웬만해졌는데, 왜 서두르는 건지 뭐라도 아는 게 있으면 좀 알려줘요."

그녀가 정중한 말투로 물었다. 이 아주머니는 때마침 이곳으로 놀러 온 다른 지역 사람일 수도 있었다.

"우리들도 아무것도 들은 게 없습니다. 말씀드릴 수 있는 건 이것이 우리 읍의 결정 사항이라는 겁니다."

"아하, 원전이 위험한 것이로군."

"모릅니다."

이때는 아직 원전이 폭발하지 않은 상황이었다. 그러

나 도쿄전력의 높은 사람들은 곧 원전이 폭발할 것이라는 것을 알고 있었다. 물론 정부도 알고 있었다. 그럼에도 일반 국민들은 물론이고 원전이 있는 지역 사람들에게도 아무것도 전달되지 않았다. 상부에서는 '원전은 절대 안전하다'라는 안전 신화를 깨고 싶지 않았던 것이다.

그런데 이 지역에서는 강제 피난을 결정한 것이다. 물론 원전이 폭발할 것 같다는 사실은 숨긴 채였다.

"서둘러 주세요. 앞쪽으로 더 들어가세요."

스피커에서 커다란 고함 소리가 터져 나왔다.

옆에 세워진 버스 쪽에서 살이 찐 할머니가 울음을 터뜨렸다.

"이 녀석은 나에게 단 하나뿐인 가족입니다. 다른 짐들은 필요 없어요. 이 고양이만큼은 제발 데려가게 해 주세요."

"애완동물은 안 돼요. 처음부터 말했잖아요!"

"제발, 제발…… 부탁드립니다. 부탁해요."

그러나 살찐 검정 고양이는 어두운 밤 저편으로 내동댕이쳐졌다. 할머니는 어린아이처럼 흐느껴 울었다.

유리카는 가슴이 뜨끔했다.

파로가 눈에 띄면 큰일이다! 유리카는 쓰고 있던 털모

자를 벗어 파로에게 씌웠다. 그리고는 토닥토닥 다독여
주었다.

파로는 이를 무슨 신호라고 생각했던 걸까. 유리카가
버스 발판에 발을 올려놓으려는 순간 "파로로! 파로로!"
하고 짖었다. 이젠 틀렸다.

담당자는 유리카의 품에서 파로를 거칠게 떼어 냈다.
"애완견 같은 건 안 된다니까!"

그래도 던지지는 않고, 파로를 땅 위로 내려놓았다.

"파로! 파로!"

유리카는 소리쳤지만, 몸은 점점 버스 안쪽으로 밀려
들어갔다.

버스 창문으로 밖을 내다봤지만, 어두운 밤하늘이 멀
어져 갈 뿐이었다.

파로는 얼마나 놀랐을까.

미안, 미안해. 유리카는 울음이 쏟아졌다. 소리가 새지
않도록 코트 소매로 입을 막았다.

엄마는 조금 떨어진 자리에 앉았다.

버스는 계속 달렸다.

폭신한 시트에 유리카의 몸이 폭 잠겼다. 그 느낌이 더
슬펐다.

2 유리카의
유쾌한 생활

학교 급식, 너무 좋아

2011년 4월. 학교 개학일이다.

대지진과 원전 사고가 난 지 한 달이 지났다. 유리카는
피난 온 삿포로에서 4학년이 되었다.

모두 돌아가며 간단한 자기소개를 했다.

유리카의 순서가 왔다. 긴장이 되었다.

"후쿠시마에서 온 유리카입니다."

교실이 술렁거렸다.

"유리카는 조금 길어도 괜찮아요."

선생님이 거들어 주었다.

"쓰나미는 산과 가까이 있는 집까지는 오지 않았어요.
지진으로 집이 부서졌지만, 고치면 살 수는 있었어요. 그
렇지만 동네 사람들 모두 버스에 태워져 피난소로 들어

가게 되었어요. 조금 있으면 가설 주택도 만들어진답니다. 하지만 엄마와 나는 이곳으로 피난 왔습니다. 이게 모두 방사능 때문입니다."

선생님의 눈빛이 안경 너머에서 번쩍하는 느낌이 들었다.

'선생님, 알겠습니다. 학교 일이나 공부 이야기를 하면 되는 거죠? 그건 방사능 이야기보다는 훨씬 더 쉬운 이야기에요.'

"음, 음, 국어는 너무 좋아합니다. 산수, 너무 싫어. 아, 그리고 제일 좋아하는 것은 급식 시간입니다."

모두가 웃었다. 진심을 이야기한 것뿐인데, 다리를 팔딱거리며 웃는 아이도 있었다.

"체육은 조금 좋아합니다."

이렇게 말했을 때, 머리에 리본 핀을 꽂은 아이가 뒤를 돌아보았다.

"스모 좋아하지?"

"뭐라는 거야. 아야노, 그건 너무 심한 말이잖아."

교실이 술렁거렸다.

그러나 유리카는 아무렇지도 않았다. 좋았어, 웃겨 놓을 찬스다!

"사실은 스모가 특기입니다. 2학년 때는 반에서 제일 셌습니다. 남자들보다 강했습니다."

선생님도 웃었다.

"유리카, 이제 됐지? 그럼, 다음 사람."

다음 날 나온 급식은 최고였다.

이 학교에서는 다른 두 학교의 급식도 만들고 있었다.

특히 빵이 맛있었다. 미국산 밀가루를 사용하지 않고 홋카이도산 밀가루를 사용한다고 했다.

이 날 메뉴에서 유리카가 놀란 것은 크림 스튜의 맛이었다.

우유는 홋카이도산이고, 안에 들어간 감자는 삿포로 시의 동쪽 끝에 위치한 이 학교 주변에 있는 농가에서 수확한 것이라고 했다. 브로콜리도 들어 있었다.

유리카는 밝은 녹색의 브로콜리를 입에 넣고 천천히 씹어 보았다. 달았다. 그러면서 물렁물렁하지 않고 오독오독 씹혔다.

"너무 맛있어. 진짜 굉장해. 이렇게 맛있다니!"

입 안 가득 브로콜리를 씹으면서 유리카는 가슴이 설렜다. 커다란 입으로 연신 브로콜리가 들어갔다.

앞자리의 남자아이가 뒤로 돌아 유리카의 입 안을 들여다보았다.

"그렇게 맛있어?"

"응, 응. 색깔도 신선하고 단맛도 나고, 이거 정말 좋아해."

선생님이 유리카 옆으로 왔다.

"앞을 보고 먹어야지. 먹고 있는 사람 입 안을 처다보는 것은 실례예요. 유리카도 입 안을 보여서는 안 돼요."

그러면서 선생님도 웃음을 터뜨리고 말았다.

종례 시간이 되자, 선생님이 입을 열었다.

"이야기는 바로 끝날 거예요. 후쿠시마나 이와테나 미야기에서는 집과 학교에 쓰나미가 덮쳐 많은 사망자가 나왔어요. 모두 이런 사실은 알고 있지요?"

"그래서 교실을 쓸 수가 없어 다른 학교로 이사한 학교도 있고, 부모들이 여기저기로 피난을 떠나는 바람에 학생수가 10분의 1로 줄어든 학교도 있고, 아, 더 참담한 것은 운동장을 사용할 수 없게 된 학교도 있다는 거예요. 밖에서 놀 수조차 없게 된 거지요. 밖에서 놀 수 없다는 것…… 이건 도저히 생각할 수 없는 일이잖아요. 그렇지요?"

"선생님. 이야기가 긴데요."

이런 식의 대꾸를 해도 괜찮은 반이구나, 유리카는 은근히 즐거워졌다.

선생님은 긴 머리칼을 빨간색 고무줄로 묶고 있다. 그 모습이 토모에 상과 닮았다고 유리카는 느꼈다. 토모에 상이 한 말도 떠올랐다.

─난 미용실 같은 곳은 가지 않아. 몇 천엔 씩이나 주면서 자기 머리카락을 남에게 맡겨 놓고 어떻게 그렇게 편한 얼굴을 할 수 있는 걸까? 정말 모를 일이야.

"바로 끝날 거예요. 아이들이 밖에서 놀 수 없다는 것은……."

"방사능이 있기 때문이에요."

누군가가 나서서 설명을 덧붙였다.

"그렇지. 그래서 교정이나 운동장 흙이 위험하기 때문에 겉면을 긁어내고 다른 흙으로 바꾸는 공사를 시작했다고는 해요."

선생님의 목소리가 점점 잦아들었다.

"선생님. 그럼 어떻게 되는 거예요? 우린 어떻게 하면 좋아요?"

"선생님도 잘 모르겠어요. 어른들이 진심으로 아이들

을 생각하고 처리해 준다면 잘될 거라 생각해요. 후쿠시마에서 이런 일이 있다는 것을 잊지 말고 확실하게 기억해 두자고요."

"예."

"예."

모두들 빨리 돌아가고 싶은 마음에 대답만은 아주 경쾌했다.

유리카의 마음도 덩달아 밝아졌다.

토모에 상은 모르는 게 없어

어느 날 토모에 상이 시영 주택의 유리카네 집으로 저녁을 만들어 왔다. 진수성찬이었다.

엄마는 오랜만에 토모에 상을 만나서인지 난리법석이었다. 두 사람이 자지러지게 웃고 떠드는 사이에 유리카는 바로 음식을 먹기 시작했다.

우선, 수프. 무엇으로 만들었을까. 굉장히 맛있다. 맛이 진해서 이 수프 하나만으로도 밥을 먹을 수 있을 것 같았다.

반찬 한 가지 더. 생선요리였는데, 유리카는 이런 식으로 만든 요리는 처음이었다. 맛있다. 너무 맛있다.

생선을 먹고 수프를 마시고, 다시 생선을 먹고, 밥을 입 안으로 넣는다.

입 안 가득 음식을 넣고 유리카는 눈빛으로 토모에 상을 불렀다.

"맛있어? 그렇지? 맛있을 거야."

생선 한 마리를 머리부터 꼬리까지 그대로 기름에 튀겼다. 그 위에 여러 가지 야채를 삶은 것과 특별한 소스를 뿌렸는데, 생강과 마늘 향도 났다.

"엄마. 이건 무슨 생선이야?"

"응, 후쿠시마에서는 먹어 보지 못한 생선이네? 슈퍼에서도 못 본 것 같고, 어릴 때 도쿄에서도 먹어 본 적이 없어."

생선은 머리가 크고, 굵은 가시가 있고 몸체는 노르스름했다.

"저기요, 토모에 상. 홋카이도 바다에서 잡은 거예요?"

"응. 그런 것 같아. 옛날에는 인기가 없어 어촌 사람들만 먹었는데, 지금은 많이 잡히지 않아 고급 생선 축에 들어간대."

"이름이 뭐예요?"

"음, 일본식 이름으로 뭐라 하던데……. 어촌에서는 다른 이름으로 부르는 것 같았고."

"토모에 상도 모르는 거예요?"

유리카는 끈질기게 물어보았다. 유리카에게 토모에 상은 무엇이건 다 알고, 어떤 것도 다 해내는 사람이었다.

"음. 몰라도 괜찮아. 어차피 사람들이 자기 편한 대로 붙인 이름일 테니. 진짜 이름은 생선 자신과 신만 알고 있을 거야."

즐거운 저녁 식사였지만 엄마의 얼굴은 곧 '맑음 뒤, 비'로 변해 갔다.

전화로 할머니에게 심한 말을 들었다고 했다.

"정말로 돌아오지 않을 거라면 이혼해라, 이렇게까지 말씀하시는 거예요. 유리카는 선조의 피를 이어받은 소중한 사람이니까 자신이 맡아 키우겠다, 이런 말을 하는 건 좀 안됐지만 넌 본래 남의 집 사람 아니냐, 요약하면 뭐 이런 식의 말씀인 거죠."

"너무하시네."

"할머니도 할아버지 병원에 왔다갔다 하시느라 힘들기는 하겠지만……."

할아버지가 입원해 있는 병원은 완전히 다른 동네로 옮겼다. 그래서 버스를 갈아타면서 멀리 다녀야 했기 때문에 아침에 집을 나서면 밤까지 걸렸다. 가설 주택으로 돌아온 뒤에 할머니는 1인분만큼 저녁을 지어 혼자 먹었다.

유리카 아빠는 아빠대로 회사에서 잠을 자며 일을 해야 할 정도로 바빴다. 대지진으로 없어진 회사의 몫까지 일을 맡게 되었다고 했다.

아빠가 근무하는 회사는 건축 관련 회사였기 때문에 대지진 이후, 곧바로 철골 조립식 사옥을 다시 지었다. 작업량이 급격하게 늘어났다. 거기에다 컴퓨터를 담당하던 젊은 사원 둘이 그만두는 바람에 세 명의 신입 사원을 뽑았는데, 그들에게 업무를 가르치는 것도 아빠의 몫이었다.

엄마가 몸을 돌려 눈물을 훔쳤다.

토모에 상이 엄마 어깨를 토닥거리며 말했다.

"유리카 할머니 재미있네. 당신의 의견을 똑 부러지게 말씀하시는 분이시네."

"그런 말 말아요. 더 심한 말도 있었는데……."

유리카 친구의 엄마가 전화로 가르쳐 준 사실 하나.

어느 날, 젊은 여자가 할머니 집에 왔다는 것이다. 이혼 소문이 친척들 사이에 퍼져 나간 것일까. 찾아온 사람은 아빠의 먼 친척이 되는 사람이었다.

"설마, 새 부인은 아니겠지?"

토모에 상은 짐짓 밝은 표정으로 말했다.

"그 사람, 얼굴이 귀엽고 간병사래요."

"아빠가 화를 내지 않았대요?"

유리카가 가까스로 대화에 끼어들어 말했다.

"그날도 회사에서 묵었던 모양이에요."

토모에 상이 여전히 밝은 표정으로 마치 연설을 하듯 말했다.

"이런 정신적인 피해도 원자력발전소 사고 때문이에요. 멀리 이사를 할 것인지 말 것인지를 놓고 다투다가 가엾게도 결국 이혼을 하고 만 경우도 있어요. 이런 것도 다 전력회사가 사죄하고 보상을 해야 해요. 확실하게!"

"그렇지만 우리 집은 괜찮아요."

"알고 있어요."

세 사람은 울다가 화를 내다가 다시 웃다가 하느라 시간 가는 줄 몰랐다.

어느 날인가 저녁 식사가 끝났는데도 엄마의 얼굴이 딱딱하게 굳어 있었다.

또 무슨 일이 있었던 것일까. 유리카는 갑자기 오랫동

안 생각하고 있던 것을 말하고 싶어졌다.

"엄마. 저기요."

"왜, 무슨 일?"

"유리카, 이제 절대로 전학 가지 않을 거야."

"응, 응."

"엄마가 전학을 시켜도 나는 가지 않을 거야. 계속 여기에 있을 거야."

엄마가 어깨를 들썩이며 웃었다.

"엄마도 이제 후쿠시마로는 돌아가고 싶지 않아. 그렇지만, 엄마가 후쿠시마로 돌아간다면 너는 어떻게 할 건데?"

"아무것도 하지 않을 거야. 여기에 있을 거야. 토모에 상이 있잖아."

그때 토모에 상이 불쑥 나타났다. 누군가 자기를 부르는 느낌이 들었단다.

"유리카. 너는 지금 학교가 마음에 들어 계속 다니고 싶단 얘기지?"

"맞아요, 맞아!"

"앞으로 몇 년 정도?"

"으음, 10년? 그때까지 계속 여기 급식 먹을 거예요.

요즘에는 급식에 브로콜리 스튜가 일주일에 두 번이나 나와요."

"아, 지금이 브로콜리 수확철이구나. 그래서 10년씩이나? 그러면 지금 4학년이니까 14학년이 될 때까지?"

"괜찮아요, 그래도."

두 어른이 크게 웃었다.

웃음이 끝나자, 엄마는 다시 굳은 얼굴로 되돌아갔다.

어젯밤에 다시 할머니에게서 전화가 왔다고 했다. 어젯밤엔 아빠가 옆에 있었을 텐데, 전화로는 아무 소리도 들을 수 없었다고 했다.

"아마 너무 지쳐서 그냥 녹초가 되었던 것 같아."

엄마가 식어 버린 커피를 단숨에 마셨다.

토모에 상이 밝은 목소리로 말했다.

"저기, 오늘밤 유리카를 우리 집에서 재우고 싶은데…… 지금 자기가 너무 피곤한 것 같으니까 하룻밤 정도는 혼자서 지내는 것도 괜찮을 거야."

"우와, 좋아요! 그럼 거기서 자고 곧장 학교로 갈 거야."

유리카는 즐거워 팔짝 뛰었다. 엄마를 한 번 꼭 껴안아 주고, 토모에 상의 손을 잡았다.

토모에 상의 집은 낡았으나 넓었다.

유리카가 깜짝 놀란 것은 거실이나 침실에도 아무것도 놓인 게 없다는 것이었다.

집안의 바닥은 전부가 판자였다. 그것도 요즘 유행하는 인조 무늬 판자가 아니라, 절의 현관에서나 볼 수 있는 두툼한 원목 판자였다. 현관에 신발장만 있을 뿐 상자도 옷장도 장롱도 로커도 없었다. 물건을 넣어 둘 수납장도 보이지 않았다.

"넣어 둘 곳이 있으면 뭔가 채우고 싶어지지. 그러면 물건이 많아져. 그래서 없앤 거야."

소파도 없다. 대신에 토모에 상의 엄마가 만들어 주셨다는 큰 방석이 놓여 있다.

둥근 테이블이 하나 있는데, 다리를 접을 수 있는 접이식이었다.

"후쿠시마에서는 여기저기서 본 적이 있는데, 우리 집에는 없었어요. 홋카이도에서는 처음 봐요."

유리카는 둥근 테이블에 앉아 보았다.

"그런데 그 사람은요?"

"곧 돌아올 거야. 그건 그렇고, 이사 온 지 얼마 안 됐는데 유리카네 집은 물건이 꽉 차 있잖아."

"응, 그래요. 정말 고맙게도 모두 뭘 가져와 주셔서 자꾸 많아져요."

"엄마와 상의해 보는 게 좋을 것 같아. 물건이 많아지면 마음 둘 곳이 없어지거든."

"청소기가 두 대나 있어요. 하나 드릴까요?"

"아니, 필요 없어. 우리 집은 필요 없어요."

"청소 안 해요?"

"난 바보가 아니거든. 아주 착실하게 하고 있어요. 여기 봐, 바닥도 창문도 깨끗하지요?"

토모에 상이 손가락으로 바닥을 쓸어서 보여 주었다.

언젠가 토모에 상이 청소하는 모습을 본 적이 있다. 옛날 사람들이 했던 것처럼 비와 걸레만으로 청소를 했다. 토모에 상 집에는 손잡이가 달린 대걸레조차도 보이지 않았다.

낡았지만 토모에 상의 집은 왠지 느낌이 좋았다. 포근하기도 하고, 방석 위에 앉아 있으면 마음이 차분해졌다.

무엇 때문일까? 유리카는 집 안의 이곳저곳을 탐색하다가 깨달았다.

토모에 상의 집에는 어느 집에나 있는 천장의 큰 전등이 없다. 그 대신에 옆에서 비춰 주는 조명이 벽에 붙어

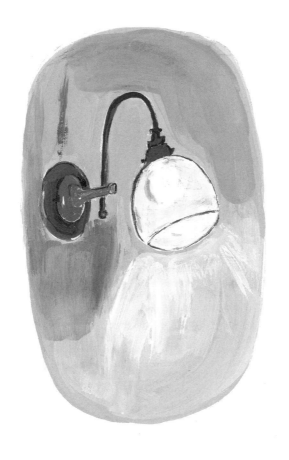

있었다.

전자레인지도 없다. 냉장고는 있지만 굉장히 작았다.

어느 날, 유리카는 학교에서 곧장 토모에 상 집으로 간 적이 있었다.

토모에 상은 큰 돋보기로 어려워 보이는 책을 읽고 있었다.

유리카는 어릴 때부터 무엇이건 입 안에 넣어 확인해 보는 습관이 있었다. 그 습관은 없어졌지만, 지금은 입 대신 손으로 이리저리 만져 보고 확인하는 버릇이 생겼다.

"우와. 굉장히 큰 렌즈네요. 이걸 왜 돋보기라고 하지요?"

"엄청 작은 벌레를 돋아보기 할 수 있어서 그런 거 아닐까?"

"그러면 벌레 보기라고 하지 않고, 왜 돋보기라 하는 거예요?"

"그런 것까지 어떻게 다 알아?"

"토모에 상은 무엇이든 다 아시잖아요."

유리카는 달려왔기 때문에 목이 말랐다. 토모에 상은

파란색 큰 병에 담긴 물을 컵에 따라 주었다.

"고맙습니다. 이거 그냥 물이지요?"

"응. 맛있지?"

"음, 그런데 왠지 다른……."

"아하. 자판기에서 파는 거? 무슨 무슨 과일 맛 음료수라던가 그런 것을 생각했던 거지?"

"이 집에는 그런 것은 없잖아요, 그치요?"

"그런 가짜 따위를 돈을 내고 사 마시지는 않아. 그냥 물에 첨가물 넣고, 색소 타고, 무슨 비타민 넣고……. 값도 꽤 비싸잖아."

"네."

"그런 건 그만두는 게 좋아. 물까지 사서 마신다는 게……. 솔직히 난 그 물이 우유보다 비싸다는 게 용서가 안 돼. 소가 필사적으로 내 준 우유가 그런 물보다 싸다는 것은 슬픈 일이지."

"그치만 맛있는 물은 꽤 맛있어요."

"우리 집에서는 수돗물을 받아서 그 안에 들어 있는 석회 성분 등을 가라앉힌 뒤에 마시거든. 파란색 병은 햇빛을 투과시키지 않기 때문에 물맛이 변하지 않아. 이거 마셔 봐."

유리카는 컵에 담긴 물을 단숨에 다 마셨다.

"차지 않지? 이것이 자연이야. 함부로 전기를 사용하고는 원전이 필요하다고 목소리를 높이고, 그러면서 자판기 같은 것은 밤낮으로 켜 놓는단 말이지. 이상해, 그런 짓은."

토모에 상은 굳이 자판기로 차갑게 하거나 덥히지 않아도 문제 될 게 없다고 했다. 자판기 자체의 너무 밝은 조명에도 몹시 화를 냈다.

토모에 상은 관광을 위한다는 야간의 경관 조명도 반대했다. 들새나 곤충들에게 얼마나 큰 피해를 끼치는지 생각해 보라고 했다.

밤이 어두운 것은 당연하고, 태양 열기에 여름엔 무엇이든 따뜻해지는 것도 당연하다는 것이다.

토모에 상은 유리카를 어린아이 취급하지 않고 열정적으로 이야기해 주었다. 유리카는 그것이 참 기뻤다.

"왜 올해 전자동 주택이니 하면서 엄청나게 선전했잖아?"

"알고 있어요."

"토모에가 무엇보다 '이건 이상해'라고 느꼈던 건 전력회사 광고야."

유리카는 토모에 상이 진지하게 뭘 이야기할 때는 자신을 '나'라고 하지 않고 '토모에'라고 표현한다는 것을 발견했다.

"광고란 게 뭐야? 다른 회사보다 우리 회사가 더 훌륭합니다, 그러니 우리 회사 것을 사용해 주세요, 이런 거잖아? 그런데 전력회사는 독점이거든. 홋카이도는 홋카이도전력, 즉 호쿠덴뿐이지. 이 회사는 어느 지역부터 어느 지역까지라고 법률로 정해져 있거든. 그런데도……."

"이상하네요. 왜 광고를 하는 거예요? 뭐 때문에 선전을 하는 거지요?"

"바로 그거야."

"왜 그런 걸까요? 이상하네."

"그 이유를 세상 사람들은 모두 알면서 침묵하고 있지. 원전 사고가 일어난 지금까지도 모르는 체하고 입 다물고 있는 거라고."

"토모에 상. '체'하는 것은 연기자가 연기하는 것을 말하잖아요. 그게 아니면 사람들은 왜 그러는 거예요?"

"토모에는 모르는 체하지 않습니다. 그것은, 그러니까 평상시에 신문이나 TV 같은 곳에 광고비 명목으로 돈을 줘서, 혹시 전력 사고가 났다든가, 사고 은폐가 탄로 났을 때, 신문이나 TV가 자기 편을 들어 보도하도록 하기 위한 시스템인 거지."

"에이, 설마요?"

"후쿠시마 원전의 대형 사고를 일으킨 도쿄전력만 해도 일 년에 100억 엔이나 선전비로 사용한다는 거야."

"그 돈은 누가 낸 거예요?"

"매월 전기요금으로 국민들이 내고 있지요."

"아하."

유리카는 점점 말이 없어졌다. 어른들조차 입에 담지 않는 사실을 4학년 여자아이가 알아 버려도 괜찮은 것일까.

"전기가 부족해! 원전을 더 늘려야 해! 원전은 절대 안전해! 게다가 비용도 가장 저렴해! 이런 구호의 속내를 누구도 의심하지 않았기 때문에 일이 이렇게 되어 버린 것이지."

"그럼, 믿게 만든 것은 누구? 어디 있는 거예요?"

토모에 상은 더 이상 아무 말도 하지 않았다.

'그렇구나, 토모에 상도 더 이상은 모르는 거구나, 라고 유리카는 생각했다.'

가난은 당연한 일

삿포로에 '무스비 바'라는 재미있는 이름을 가진 그룹이 있다. 대지진이 일어난 직후 만들어졌는데, 피난민들의 요망 사항이 있을 때 관청에 요청하는 활동뿐 아니라, 공무원까지 참여해서 모두가 함께 생각하고 함께 행동으로 옮기는 모임이다. (무스비 바란 '여러 사람들이 모여 차를 마시고, 이야기를 나누고, 친구가 될 수 있는 장소'라는 의미를 갖고 있다. 무스비 바는 대지진이 발생하고 얼마 지나지 않아 곧 바로 만들어진 그룹이자 모임장소로, 동북 지방에서 삿포로로 피난을 온 사람들을 도와주는 것을 목적으로 하고 있다. 아울러 동북 지방에서 부족한 것들을 모아 보내는 일도 하고 있다. ─편집자 주)

유리카네가 곧바로 시영 주택에 무료로 입주하게 된

것도 이 그룹 덕분이었다.

게다가 시영 주택이 토모에 상 집과 가까운 것은 정말 큰 행운이었다.

"신이 도와주신 거예요."

유리카가 엄마와 토모에 상에게 마치 가르치듯 말했다.

토모에 상이 빙긋 웃었다.

"아, 신이었구나. 그럴지도 모르지. 그렇지만 말이야, 만약 신이 있다면 뭔가를 좀 더 해 줬어도 좋지 않았을 까?"

"지진과 쓰나미와……."

"아냐, 그건 신이라도 어쩔 수 없지. 지구를 덮고 있는 플레이트가 일본에 3개나 모여 있으니까. 아무리 신이라 도 무리겠지."

"그렇다면……."

"지구가 하는 일이 아니라, 사람이 하는 일을 말하는 거야. 원전 사고는 천재가 아니라 인재잖아."

"알겠어요, 알겠어. 반에서 친한 친구들에게도 알려 주 어야겠어요."

"아마 모두 알고 있을걸. 말하지 않을 뿐이지. 하긴 TV 에 나오는 탤런트나 유명인도 천재라는 얘기만 하니까."

"왜 그럴까요?"

"그렇게 하지 않으면 TV방송국이 더 이상 불러 주지 않거든."

　토모에 상과 엄마는 도쿄에서 대학을 다닐 때 문학 동아리에서 만났다. 공부는 나름 열심히 했지만, 두 사람 다 자격증이라 부를 만한 것은 아무것도 가지고 있지 않았다.

　토모에 상은 삿포로로 돌아가 보수가 높은 직장에 들어갔지만 일 년 만에 그만두었다.

　자기 의견을 가진 사람은 미움을 받고, 방글방글 웃으면서 시키는 대로 하는 사람만 좋아하고 인정하는 그런 풍토가 싫었다고 했다.

　토모에 상은 여러 가지 아르바이트를 하면서 밤에는 간호학교에 다녔다. 그 이후 간호사로 병원에서 20년간 근무한 뒤, 그것도 그만두었다.

　그만둘 때마다 그만큼 더 자유로워졌다고 했다. 그리고 돈이 없어도 즐겁게 사는 생활방식을 스스로 발명하게 됐고, 지금도 날마다 그 발명이 이어진다고 했다.

유리카가 다섯 살 때, 토모에 상이 후쿠시마의 유리카 집에 놀러 온 적이 있었다.

유리카는 그때를 확실하게 기억하고 있다. 그녀는 발등까지 닿는 긴 스커트를 입고, 흔들흔들 천천히 걸었다. 핸드백 대신에 자신이 만든 냅색을 어깨에 걸치고 다녔고, 그 안에는 항상 따뜻한 차와 전용 젓가락이 들어 있었다. 식당을 가든 레스토랑을 가든 자신의 전용 젓가락을 사용했다.

택시는 이용하지 않았고 먼 곳이라도 걸어 다녔다. 기차나 버스를 몇 시간이고 기다려도 태평했고, 무거워도 냅색에 항상 읽을 책을 세 권 정도는 넣고 다녔다.

그리고 지금, 삿포로.

유리카는 하교 길에 자주 토모에 상 집에 들르게 되었다. 토모에 상을 더욱 알고 싶었기 때문이다.

"저기요, 토모에 상. 질문해도 좋아요?"

"좋아요. 그런데 지금 책을 읽고 있으니까, 정리해서 해 주렴."

유리카는 숨을 크게 들이쉬었다.

"토모에 상은 몇 살? 그리고 왜 아무 데에도 티슈 상자

가 없는 건가요? 방은 왜 어두워요? 또 집 안이 왜 좀 춥
다고 느껴지죠?"

"우와, 너무 정리가 잘 되어 있네. 상관없지 뭐."

토모에 상은 유리카의 눈을 똑바로 바라보았다.

"53살. 네 엄마보다 몇 살 더 많지?"

"그렇게 많아요?"

"왜 그러면 안 돼?"

"안 된다는 것은 아니고요."

"흰 머리카락도, 주름도, 기미도, 이 모두가 토모에 것
이야. 내 나이도 내 것."

"멋있어요."

"지구에서 오직 단 한 사람. 귀여워, 토모에는."

유리카는 흰 머리의 토모에 상이 아름답다고 느꼈다.
아니, 아름답지 않아도 유리카는 토모에 상이 좋았다.

"다음은, 아, 그렇지, 티슈. 그런 것은 필요 없어. 수건
이 있잖아. 빨면 계속해서 사용할 수 있잖아."

수건이 낡으면 디자인이나 색상이 좋은 것은 잘라 뒤
집어서 매트로 사용한다. 더 작게 자르면 걸레가 되고,
화장실용 손수건으로도 변신한다.

"헤에, 그건 좀 가난뱅이 같잖아요."

"진짜 가난뱅이인걸. 당연하잖아. 깨끗하게 빨면 전혀 냄새가 나지 않아. 그래 맞아. 가난은 썩지 않는다! 청결한 것이다! 즐거운 일이다!"

토모에 상이 활기차게 말했다.

토모에 상은 30년 이상 미용실에 가지 않았다. 화장품도 절대 사지 않는다. 값비싼 화장품을 몇 종류씩이나 구입하는 사람들을 이해할 수 없다고 했다. 효과가 있는 화장품일수록 대부분 부작용으로 피부가 상하게 되어 있었다. 그럼 또 보호용 크림과 화장수를 사야 하고, 결국 병 개수만 늘어나는 것이다.

토모에 상은 화장용 비누조차 쓰지 않았다. 아무리 비싼 제품이라도 비누는 피부를 거칠게 한다. 그럼 그 때문에 또 병 개수가 늘어난다.

토모에 상은 미지근한 물로 얼굴을 씻는다. 비비지 않고 천천히 씻는다.

가지고 있는 것은 립스틱 한 개뿐.

반지도 싫어했다. 아무리 비싼 것이라도 브로치 같이 번쩍거리는 걸 다는 것을 싫어했다.

옷이나 핸드백도 유행인 것은 사지 않았다. TV 광고에서 지금 유행이다, 유행이다, 사라, 사라, 아무리 아우성을 쳐도 그런 장단에 춤추지 않는다.

입을 것은 자신이 만들거나, 가끔은 프리마켓에서 샀다. 오래된 것은 좋아했다. 이전에 어떤 사람이 입고 생활했을까, 상상하는 것만으로도 소설을 읽는 것 같은 즐거움을 느낀다고 했다.

"유리카, 이거 어때? 헌 옷인데."

토모에 상이 빙글 돌며 옷차림을 보여 주었다. 바다색의 롱드레스였다.

"실크야. 전통 천연염색법으로 물들여 깊은 맛이 나지. 조금 알려진 디자이너가 만들었고."

"아는 사람이에요?"

"몰라. 멋이나 요리도 생각하는 것은 즐거운 거야. 상상력을 가진 사람만 누릴 수 있는 것!"

유리카는 잘 이해할 수 없다. 그렇지만 먹고 싶은 요리라면 얼마든지 상상할 수 있다. 멋쟁이 명인이 되겠네요, 라고 말하려던 순간 토모에 상 모습이 사라졌다.

그리고 곧 옷을 바꿔 입고 나타났다. 하얀색 바지에 와인 색상의 앞치마였다.

"어때? 괜찮지? 이 앞치마, 남자친구 것과 맞춰서 만든 거야."

3 토모에 상에게
배운 것들

돈 없이 즐겁게 사는 법

할머니. 토모에 상은 절대 나쁜 사람이 아니에요. 유리카의 친구예요. 유리카 편이니까 이상한 사람이라 생각하지 말아 주세요. 돈이 없는데도 근심 걱정이 없는 사람, 할머니는 이런 사람을 이상한 사람이라 생각하는 건 아니시죠? 그렇게 믿을래요.

너무 재미있는 분이랍니다. 아, 편지로는 다 쓸 수 없어요.

유리카는 항상 토모에 상 집에 가고 싶었다.

새로운 일, 재미있는 일이 계속해서 생기기 때문이다.

언젠가 부엌에서 반짝반짝 닦인 프라이팬을 발견했다. 세 개가 나란히 걸려 있었다. 그 밑으로 큰 냄비 두

개가 놓여 있었다.

"프라이팬이란 것이 장식하는 거예요?"

"마치 '나를 장식해 주세요'라는 표정이잖니? 대신에 확실하게 닦아 주었지."

"굉장해요."

"이것으로 어떤 요리도 만들 수 있지."

"세 개밖에 없는데도요?"

"이걸로 충분해. 아무거나 멋지게 만들어 보여 줄 수 있지."

"대단해요."

"그 대신 재료는 최고급을 사용하지. 아무리 멀리 있어도 찾아가서 구해 오지."

"돈, 있어요?"

"없지, 없어. 그렇지만 돈이 없어도 즐거울 수 있다는 것을 증명해 보이려고 연구하고 실천하지. 이 즐거움을 돈 있는 사람들은 알 수 없을 거야. 난 이런 걸 하고 싶어서 회사를 그만둔 거야. 생각할 수 있는 시간은 잔뜩 있어."

"가난이 목적이에요?"

"내 말 잘 들어 봐. 가난과 돈이 없다는 것은 다른 문제인 거야."

"음, 알 것도 같고…… 아무래도 잘 모르겠어요."

"식재료 중에서 진짜 먹고 싶은 것은 그렇게 많지 않아. 그래서 TV 광고나 슈퍼마켓 전단지에서 '싸요! 싸요!' 외치는 것들은 이 토모에 귀엔 안 들려."

"으응."

"싸요! 싸요!라고 부채질하면 보통 사람은 마음이 조급해지는 모양이야. 살 물건이 없는데도 발을 동동거리지."

"토모에 상은 조급해지지 않아요?"

"응, 전혀! 싸고 비싸고의 문제가 아니라 정말로 내가 먹고 싶은 것, 좋은 식재료를 골라서 조금 비싸더라도 사. 조금만. 정말 맛있는 것은 잔뜩 먹지 않아도 마음이 풍요로워져."

"정말 그럴까요?"

"아무리 광고가 떠들어도 난 아무렇지 않아. 선택하는 것은 내 권리거든. 요즘은 어떤 것이 가장 안전한가를 먼저 생각해. 신경을 써서 확실하게 공부하지 않으면 위험해. 위험하고말고. 농약에 식품첨가물, 여기에 최근엔 방사능까지. 안타깝지만 이제 후쿠시마산은 위험해. 그렇지만 후쿠시마산이라도 믿을 수 있는 곳에서 엄격하게 검사한 증명서가 있다면 사지."

"음, 음."

"TV 말이야, '사지 않는 사람은 불행합니다. 사려면 지금입니다.' 이런 식의 광고는 정말 코미디 같아. 그런 광고에 속아서야 되겠어?"

"토모에 상 멋져요!"

그러자 토모에 상이 달려들어 유리카의 몸을 이리저리 흔들어 댔다. 유쾌하다. 이건 엄마와 함께하는 즐거움과는 또 다른 느낌이었다.

"프라이팬 세 개로 뭘 어떻게 만들어요?"

"그건 냄비 대신에, 머리를 써야지."

"머리 뜨거워요. 다쳐요."

그다지 재미없는 농담이었음에도 토모에 상은 활짝 웃었다.

여기서 유리카는 가장 궁금했던 것을 물어보았다.

"저기요, 그것 좀 가르쳐 주세요. 전에 '생명이 제일. 그것은 다섯 번째, 저것은 여섯 번째'라고 했잖아요. 도대체 그게 뭐예요?"

"스스로 생각해 봐."

"엄마도 똑같이 말했어요. 그렇지만 비밀로 할 테니 가르쳐 주세요."

"좋아! 그럼 가르쳐 주지. 그 대신에 유리카 머리는 머지않아 호박이 될 거야."

"그건 너무해요."

"그러니까 스스로 생각하지 않는 사람은 자기를 대신하는 어떤 높은 사람의 생각을 그대로 받아들이는 거잖아. 그 사람이 하는 말을 그대로 송두리째 삼키는…… 송두리째 삼킨다는 게 무슨 말인지 알려나?"

"알아요. 바보 취급하지 마세요."

"그래. 그러니까 이 토모에가 하는 말도 송두리째 삼키지 말란 말이지. 그런 것은 조금도 기쁘지 않거든."

유리카는 가장 멋지다고 믿고 있는 토모에 상의 말을 생각해 보았다.

"저기요, 생명이 첫 번째고……."

"그 이외의 그것은 여덟 번째."

"어, 변했잖아요. 전에는 그것은 다섯 번째라고 했잖아요. 갑자기 순번이 늘어나 버렸어."

"하핫, 들켜 버렸네. 그렇지만 내가 말하고 싶은 것은……. 알겠지?"

유리카는 고개를 좌우로 저었다. 그러나 알 것 같은 느낌도 들었다.

식구들이 변했어요

어느 날 토모에 상의 집에 갔는데, 그녀가 서서 책을 읽고 있었다.

"어? 오늘 올 예정이었나?"

"아뇨, 유리카 다리가 여기로 데려다주었어요."

"와, 좋은 다리네. 카레 냄새까지 맡을 수 있다니. 그치만 가끔 양말은 빨아야 해요."

"냄새가 나죠? 미안합니다."

"유리카가 아니야. 양말이 나쁜 거지."

"근데, 왜 서서 책 읽어요?"

"그게 말이야, 앉아서 책을 읽으면 졸음이 오잖아. '책은 앉아서 읽어라'라고 누가 정했어?"

"어, 돋보기 바꿨어요?"

"응, 이건 책 읽을 때 쓰는 노안경. 이것도 웃겨. 안경점에 가서 '노안경은 어느 쪽?' 물었더니 점원이 '아, 시니어 글라스요?' 그러는 거야. 바보 같아. 말만 바꾼다고 뭐가 달라지나? 나는 속고 싶지 않아. 속이고 싶지도 않고. 항상 그렇게 생각해. 그래서 가망이 없는 환자를 병문안할 때는 좀 괴로워. 절대 '괜찮아질 거야' 이런 입에 발린 소리를 할 수가 없는 거야."

그때 토모에 상의 남자친구가 왔다.

남친은 유리카의 머리를 헝클어뜨리며 마구 휘저었다. 유리카는 기분이 좋았다.

유리카는 부엌에 들어가지 않고 책을 읽고 있는 토모에 상에게 물었다.

"저기요, 남자친구 분을 뭐라 불러야 돼요?"

"좋을 대로."

"근데요, 남친이 남편인 거예요? 토모에 상과 부부예요? 결혼한 거예요?"

토모에 상은 안경을 벗고 가슴을 쭉 폈다.

"대답하겠습니다. 남친은 매우 소중한 사람, 이 세상에서 가장 소중하게 간직하고 싶은 사람! 이것뿐! 아, 유리카. 결혼이 뭐라고 생각해?"

"으음…… 멋있는 곳에서 식을 올리고, 그다음에 많은 사람들이 굉장한 진수성찬을 가득 펼쳐 놓고……, 프랑스 요리라던가."

"그렇구나. 진수성찬 좋지. 그런데 식이란 것을 무엇 때문에 하는 거지?"

"신에게 맹세하는 거예요. 평생 당신을 사랑하겠습니다, 이렇게."

"그렇구나, 신에게. 신전이 없는 결혼식장에는 신이 없을 텐데, 이건 어쩌지?"

"그래도 친척이나 친구들도 많고, 거기서 맹세하는 거니까 행복해질 거예요."

"그런가? 그럼 행복도 누군가에게 의지한다는 거네. 난 두 사람만 맹세하면 충분하다고 생각하는데."

"그리고 관청에 결혼신고서도 제출하고요."

"공무원에게 인정을 받아서 뭐하려고?"

유리카는 갑자기 뭐가 뭔지 뒤죽박죽이 되는 느낌이었다. 그래도 토모에 상이 좋다는 사실에는 변함이 없었다.

결혼이 무엇인지 할머니에게 물어보고 싶어 편지를

쓰다가 유리카는 멈칫했다.

할머니가 진심으로 아빠와 엄마의 이혼을 생각하고 있다면, 지금 이런 질문은 하지 않는 게 좋을 것 같았다.

할머니. 오늘은 좋은 일을 알려 드릴게요. 유리카에게 새로운 친구가 생겼어요. 남자 어른인데, 바로 토모에 상의 남자친구랍니다. 같은 반 친구들도 좋지만, 솔직히 말씀드리면 어른이 더 즐거워요. 특히 남자아이들은 좀 어린애 같아서…….

이 날 유리카는 편지를 보내고, 다시 토모에 상 집으로 갔다.

토모에 상은 옅게 어둠이 깔린 방에서 방석 위에 앉아 음악을 듣고 있었다.

"전기 안 켜세요?"

"원전 전기는 사용하고 싶지 않아. 더구나 귀로 듣고 있어서 불빛은 없는 게 좋아."

토모에 상은 주위가 서서히 어두워지는 것을 즐기고 있는 듯했다.

노래하는 남자의 목소리는 굵고 낮았다. 영어는 모르

지만 힘이 느껴지는 목소리였다. 마치 목소리가 등 뒤에서 안아 주는 느낌이 들었다.

"좋지! 폴 로브슨이야."

"으음, 굉장해요. 굉장해."

"백 년도 더 전에 미국에서 태어난 천재 가수. 흑인이지. 조상은 아프리카에서 끌려온 노예였고."

"우와."

"흑인 영가를 세상에서 처음으로 큰 무대에 올려놓은 사람이지. 나는 말이야, 가사의 의미는 10분의 1도 모르는데도, 듣고 있으면 눈물이 나와. 수건이 필요할 정도로. 다 큰 어른이 말이야."

"CD, 누가 준 거예요?"

"남친, 우리 남친."

그 남친이 돌아왔다. 그의 손에는 쇼핑 봉지가 들려 있었다.

이제부터 진짜 만두를 만들겠단다. 나중에 엄마도 온다고 했다.

좋아, 오늘 밤은 4명이 만두 파티다!

"저기요, 남친 이름 가르쳐 줘요."

"네가 직접 물어봐. 이름은 있는 것 같으니까. 도둑고양이도 이름은 있잖아?"

토모에 상이 빙글빙글 웃었다. 치아도 머리카락처럼 하얬다.

"좋아. 물어봐야지."

어떻게 물어볼까? 조그만 아이에게 하듯 '이 언니는 유리카. 네 이름은?' 하는 식으로 해볼까? 그렇지만 상대방은 어른인걸.

이때 토모에 상이 앞치마 2개를 가져왔다. 지난번 것은 와인으로 염색했는데, 이번에는 호두를 우려 낸 물로 염색을 했단다. 베를 염색하고 재단해서 오늘 막 완성한 것이었다. 그걸 둘이 처음으로 입고 부엌일을 하는 것이다.

"그만해. 하하하, 아니……."

토모에 상이 앞치마를 입혀 주자, 남친이 웃었다. 남친은 키가 작아 적당한 높이로 올려 입혀야 했다.

배에 두를 끈의 길이는 충분했다. 토모에 상이 남친을 부둥켜안고 손을 뒤로 돌려 등 뒤에서 끈을 묶었다. 유리카 앞에서 서로 껴안은 자세가 되었다.

"좀 움직이지 말아요. 배 쪽은 끈을 좀 길게 할걸."

"아냐, 아냐. 내 배를 줄여야지. 배빵빵이 아니라 배홀

쭉이로. 지금 중년 복부 비만 좀 어떻게 해보라고 하고
싶은 거지?"

"그런 말 하지 않았어요, 통 짱!"

"말은 안 했지만 생각은 했다?"

두 사람은 배를 잡고 웃었다.

유리카는 둘의 모습이 조금 창피했지만, 덕분에 남친
의 이름을 알 수 있었다.

탕 짱이 아니면 통 짱이다. 이럴 때는 직접 불러 보는
것이 최고다.

"통 짱!"

"어, 왜? 유리카. 만드는 거 돕고 싶어?"

"응, 그래요."

"좋아, 잘 부탁해요."

통 짱은 토모에 상을 밀어냈다.

"읽고 있던 책이나 읽고 계셔요."

통 짱의 얼굴이 야무지게 변하면서 능숙하게 움직이
기 시작했다.

만두피 만들 밀가루 반죽은 토모에 상이 낮에 미리 숙
성시켜 놓았다.

토모에 상은 시중에서 파는 흰 밀가루를 사용하지 않

왔다. 안전농법으로 농사를 짓는 농가에서 통밀가루를 직접 택배로 받아서 쓴다. 거기엔 밀 껍질까지 들어가 있다. 쌀도 감자도 이 농가에서 생산한 것이다.

"자, 시작합니다."

통 짱이 숙성된 반죽을 식탁 위에 올려놓고 치대기 시작했다. 밀대로 밀어 얇게 펴는 것은 유리카도 할 수 있다. 유리카는 즐거웠다.

"이런 거 처음이야."

유리카는 지금까지 만두피는 가게에서 사는 것이라고 생각했었다. 돈은 없지만, 이런 것은 너무 멋지고 호강스런 삶이라고 유리카는 생각했다.

책을 읽고 있으면 좋으련만, 토모에 상이 얼굴을 내밀었다.

"아, 유리카. 가게에서 파는 밀가루는 미국 밀로 만든 거야. 헬리콥터로 농약을 뿌리지. 그리고 씨앗도 유전자 조작을 한 것이고. 그뿐만이 아냐. 배에 실어 일본으로 올 때도 다시 농약을 쓰지."

"또 뿌리는 거예요?"

"곰팡이가 나지 않도록 방부제, 그리고 벌레가 끼지 않도록 살충제까지."

"우와, 그렇게 많아요?"

"쌀도 똑같아. 어쨌든 땅 넓이가 다르고 수확량이 많아서 쌀도 밀도 옥수수도 값이 싸. 일본보다 절반 이상 싸다고 들었어."

"우와!"

토모에 상의 이야기를 들으면서 손은 손대로 움직여야 했기 때문에 유리카는 바빴다.

통 짱은 펴 놓은 만두피에 소를 넣기 시작했다. 손바닥 위에 올려놓고 소를 넣어 윗부분을 눌러 묶었다. 그리고 그것을 커다란 종이 위에 나란히 늘어놓았다. 유리카도 통 짱을 따라 했다.

"유리카는 소 넣는 것을 제일 잘하는 것 같은데! 자, 이 것도."

토모에 상이 만들어 놓은 소를 가지고 왔다. 다진 고기에 버섯, 채소, 마늘을 버무린 것이었다. 이 채소는 뭐지? 손가락으로 만져 봐도 모르겠다. 채소 찌꺼기처럼 보였다.

"이거 뭐예요?"

"양배추 주스 만들고 난 건더기. 이거 최고야. 한동안 오키나와에서 지낼 때 배웠어. 가게 주인이 본토 출신이 아니라 더 남쪽에 있는 미야코 섬 출신인데, 양배추는 짜서 주스로 마시고, 남은 찌꺼기는 만두소에 넣더라고."

"놀라워요."

"타이완에서도 이런 식으로 한다나 봐. 예나 지금이나 여권 없이 왕래하는 사람들이 있는 곳이니까. 인근의 이리오모테 섬에서는 지금까지 국적도 없이 즐겁게 생활하는, 일본어를 할 줄 아는 할머니를 만난 적도 있어."

통 짱은 쉬지 않고 손을 놀려 만두를 만들었다. 만두가 점점 쌓여 갔다.

유리카도 이젠 상당히 빨라졌다. 만두소를 넣고 만두피 끝에 살짝 물기를 묻혀 손가락으로 누르는 것이 재미있다. 유리카는 주름 만들기를 잘했다.

"유리카는 손이 작으니까, 소를 좀 더 적게 넣으면 좋을 거야."

"정말이네. 빨리 만들 수 있어요!"

만두가 테이블 위를 가득 채웠다. 이걸 옮길 큰 접시는 있는 것일까?

다시 토모에 상이 다가왔다.

"좋아요. 이 큰 접시에 올려놓으세요."

그것은 접시가 아니라, 달력 뒷면이었다.

유리카는 감탄했다. 쓰고 나서 다시 돌려놓으면 달력으로 사용할 수 있다. 큰 접시를 사서 사용하고 따로 간수할 필요가 전혀 없는 것이다.

둘이서 가스대 가까이까지 조심스럽게 큰 접시를 옮겼다.

"자, 이젠 기름에 튀기는 거야!"

통 짱의 움직임이 부산해졌다. 그때 마침 엄마와 토모야가 들어왔다.

"어떤 것을 할까? 아, 그 정도는 나에게 시켜요."

엄마는 토모에 상의 앞치마를 두르고 민첩하게 움직이기 시작했다.

도와줄 게 아무것도 없는 토모야는 할 일 없이 부엌 근처를 빙글빙글 돌았다.

통 짱이 엄마의 재빠른 손놀림을 넋을 놓고 바라보았다. 확실히 통 짱보다는 민첩했다.

완성된 만두가 테이블에 깔아 놓은 종이 위에 죽 늘어섰다.

"평상시보다 두 배 이상은 되겠는데."

"저기, 통 짱. 일인당 몇 개씩 돌아가요?"

그 순간, 통 짱이 유리카의 어깨를 잡으면서 갑자기 친한 척을 했다.

"유리카. 난 네가 좋아. 넌 진정한 어린이야."

"왜냐면, 부족하게 되면⋯⋯."

통 짱이 손을 팔랑거리며 즐거워했다.

"좋아요. 뭔가 포유동물의 새끼 같은 느낌? 한없이 먹고 싶다니까. 동물은 며칠씩 굶주릴 때도 있기 때문에 찬스만 오면 끝도 없이 먹는다니까. 좋은 점도 있지. 유리카, 괜찮지?"

무엇 때문에 칭찬을 받는지 유리카로서는 알 수 없는 노릇이었다.

만두 파티는 무르익어 갔다.

어른 세 명은 맥주를 마셨다. 유리카와 토모야는 오로지 먹는 것에 열중했다.

"우와, 이렇게 맛있는 만두는 처음이야!"

엄마가 외쳤다.

토모에 상은 칭찬을 받는 통 짱을 미소 가득한 표정으로 바라보았다.

유리카는 세 명의 술주정뱅이들을 지켜보는 게 매우 재미있었다.

세 명은 술에 취해 제각각 다른 이야기들을 떠들고 있

었다. 상대를 가리지 않고, 말이 맞든 틀리든 자기 하고 싶은 말을 떠들어 댔다. 이야기가 서로 다른 방향으로 흘러가도 개의치 않았다.

유리카는 문득 지금 떠오른 느낌을 통 짱에게 물어보고 싶었다.

"저기요. 유리카 이야기 좀 들어 주었으면 해요."

"오, 그래 얼마든지 들어 주지. 어서 말해 봐."

"굉장한 것을 느꼈어요. 지진과 원전 폭발로 우리 가족 모두가 조금씩 바뀌었다는 느낌이 들었어요. 자세히 보면 변했어요."

"아, 그래! 그거 자세히 듣고 싶은데?"

유리카는 가족 한 사람 한 사람을 떠올리며 말했다.

─토모야는 그날 이후 부쩍 엄마에게 칭얼대며 매달렸다. 다리를 붙잡고 매달려 화장실도 갈 수 없을 정도로 엄마를 난처하게 했다. 그러다가 삿포로로 와서 시간이 좀 지나자, 한결 칭얼거리는 것이 줄어들었다. 이젠 엄마가 울면 등을 토닥토닥해 줄 정도가 되었다.

─유리카는 예전엔 할머니와 다정다감하지 못했다. 어쩐지 엄마를 괴롭히는 것 같고, 말할 때 목소리가 너무

커서 그다지 좋아하지 않았다. 그런데 정신을 차려 보니 어느 새 할머니와 다정한 사이가 되어 있었다. 마치 한패가 된 것 같다. 지진 덕분이었다. 지진이 일어났을 때, 두 사람만 집에 있었다. 다치지 않았어? 죽으면 안 돼!라고 서로 북돋우며 격려했었다.

　—할머니도 뭔가 유리카에게 의지하게 되었다.

할머니도 우시는 거야?

유리카. 빨리 답장을 쓰지 못해서 미안하구나. 너무
바쁘단다.

가설 주택의 이웃에 나이 많은 부부가 사는데 얼마
전에 그분들이 죽순을 주셨어.

죽순에 유부를 넣고 조림을 만들었더니 정말 맛있
더구나. 병원에 가져가 할아버지에게도 드렸단다.

그랬는데 깜짝 놀랄 일이 있었어. 그분들이 자기 대
나무밭에서 캔 것인데, 나중에 관청 사람이 조사를
해 보니 방사능 수치가 높게 나왔다며…… 울면서
사과하셨어.

나는 방사능 같은 것에는 개의치 않아.

유리카는 이 편지만큼은 엄마에게 보여 줬다. 방사능 같은 것을 아무렇지도 않다는 것은…….

"아빠도 할아버지도 먹었대요. 어떡해요?"

멍한 표정으로 골똘히 생각하던 엄마는 갑자기 연설 투로 말하기 시작했다.

"국가도 도쿄전력 회사도 진실을 대부분 감추고 있어. 그렇지만 그 지역의 시, 읍, 면에서는 그렇게 감춘다고 해결할 수 없다는 걸 안 거야. 그래서 농경지나 산, 바다에서 수확한 것은 방사능 검사를 해서 '안전하니까 구입해 주세요.'라는 식으로 변한 거지."

"아, 그렇게 된 거구나."

"그렇지만 정말 너무해. 죽순을 생산하는 사람이 '이것은 방사능 때문에 안 돼.'라는 판정을 받는다는 것은. 바다의 어부도 다를 게 없지. '원자력발전소만 없었더라면' 하고 원망하며 자살한 낙농가도 있어."

엄마는 후쿠시마 시내에서 배를 생산하는 농가가 여전히 열심히 농사를 짓고 있다는 사실을 친구가 보낸 메일을 통해 알았다. 그 친구는 농가에 자원봉사로 일을 도와주러 다니는 친구였다.

그 농가에서는 배나무의 껍질을 모두 벗겨 냈다고 한

다. 그리고 나무 주위의 흙을 걷어 내고 안전한 흙으로 바꿔 주는 개토 작업도 했다. 그렇게 애를 써서 수확한 배는 매우 달고, 방사능 검사에서도 통과되었다고 한다. 그것을 올해 홋카이도에 있는 유리카 모녀에게 보내 주기로 했다.

이런 것에 대해서는 토모에 상이 가장 엄격한 의견을 말했다. 유리카는 그 말을 떠올려 보았다.

─안전하다고는 하지만 아이들에게는 먹이고 싶지 않아. 특히, 여자아이들은 절대로 안돼. 아직 다 성장하지는 않았지만 엄연히 난소를 지니고 있기 때문이지. 아이들이나 손자손녀들의 생명, 그리고 장래의 유전자까지 고려해야 하는 것이 어른들의 책임인걸. 그런 걸 생각하면 NHK TV가 계속 방송에 내보내고 있는 〈꽃은 핀다〉와 같은 노래를 편한 마음으로 부를 수 있겠어? 방사능 오염이 심한 땅에서 장래에 과연 꽃이 필 수 있을까. 그것을 보증할 수 있을까!

토모에 상이 너무 엄격하기는 하지만, 그래도 진실을 이야기하고 있다고 유리카는 생각했다.

다음 날 아침, 엄마가 누군가와 휴대폰으로 이야기를

나누고 있었다. 그러다가 유리카를 보자 돌아서면서 등을 보였다.

손바닥으로 눈물을 훔치고 나서 엄마는 전화를 끊었다.

"엄마. 또 심한 말을 들은 거예요?"

"아니야, 아니야. 할머니가 우셨어. 돌아오라는 말도 하지 않고 힘들어, 힘들어, 하면서 우시는 거야."

그날은 학교에 가서도 영 힘이 나질 않았다. 급식으로 나온 카레라이스는 든든히 먹었지만, 나머지 시간은 멍하게 보냈다.

유리카는 생각했다.

그렇게 강한 할머니가 울다니. 사실은 역정을 내고 싶었는데 울음이 잘못 나온 건 아닐까. 그러다가 그런 상상을 하는 자신이 도리어 이상하다는 생각이 들자 후훗 웃음이 나왔다.

"왜 그래? 유리카! 내일 급식 메뉴를 알았구나?"

"바보! 그딴 건 벌써 1주일 전부터 알고 있어. 복도 게시판에 붙어 있잖아."

본래 모습으로 돌아온 유리카는 사가의 말을 단칼에 맞받아쳤다.

앞자리의 아야노가 뒤를 돌아보았다. 머리 리본이 비뚤어져 있지만 차가운 눈초리는 아니었다.

내가 슬픈 표정을 하고 있었기 때문일까…….

그날 저녁, 유리카는 어쩐지 쓸쓸한 마음이 들어 기운이 나지 않았다. 엄마가 늦게 귀가하는 날엔 혼자 저녁밥을 먹어도 전혀 아무렇지 않았는데 이날은 그렇지 못했다.

그래서 후쿠시마에서 같은 반 친구였던 모리타에게 편지를 썼다.

샷포로의 4학년들은 어떤 것을 하는지 알려 줄게.

5월에 한 일. 9일은 전교생 조회, 11일은 소변검사. 처음에는 후쿠시마에서 왔기 때문에 나만 하는 줄 알고 조금 싫었는데, 알고 보니 전교생이 다 하는 거였어.

마지막 일요일은 운동회. '밤에 오너라'라는 노래에 무용까지 곁들여서 해야 해. 모두 작년부터 하던 것이어서 잘하는데, 나는 타이밍을 맞추지 못해서 괴로웠어. 왜 그렇게 전원이 딱딱 맞추어야만 하는 건지.

이 편지는 우편함에 넣지 않았다.

편지를 쓰는 것만으로도 마음이 편해지는 느낌이 들었기 때문이다.

다음 날, 아빠가 엄마에게 메일을 보내왔다. 그날따라 드물게 전화까지 했단다.

그 내용을 엄마가 말해 주었다.

할머니는 완전히 기력이 쇠약해지셨다. 버스를 갈아타고 할아버지 병원에 다니는 것을 아주 힘들어 하신다. 매일 다니지 못하고 3일에 한 번씩이라고는 하지만, 돌아오면 완전히 지쳐서 저녁 식사도 못하고 잠자리에 들어 버릴 때도 있다고 한다.

아빠의 생각도 들었다.

—가족 모두가 홋카이도로 이사하자는 유리카의 생각에 찬성이다. 홋카이도에도 토마리 원전이 있지만, 지금부터 모두 감시 활동을 열심히 하면 정지시킬 수도 있을 것이다.

아빠의 고향은 이와테 현의 모리오카이며, 부모님도 형제자매도 모두 그곳에 있다. 그렇지만, 홋카이도로 갈 작정이다. 그래, 유리카도 토모야도 모두 그곳을 마음에 들어 하니까. 아빠는 그걸로 충분하다. 다만, 지금 당장은 갈 수가 없다. 회사의 신입사원 교육을 마친 이후라야 가능하다.

그렇지만, 가장 큰 문제는 할머니의 마음이다. 할머니는 몸도 많이 약해졌다. 어떻게 하는 것이 좋을지 가족 모두가 의견을 모아 보자. 힘내자.

4 아이니까 할 수 있는 거야

처음 데모에 나간 날

유리카는 태어나서 처음으로 '데모'라는 것에 참가해 보았다.

홋카이도로 온 이듬해인 2012년 6월의 어느 금요일이 었다.

아침 식사를 하기도 전인데, 토모에 상이 집으로 왔다.

물로만 세수를 했을 텐데도 얼굴이 빛났다.

"안녕. 나 결심했어. 우리 셋이 데모 같이 가자. 오늘 저녁에."

유리카는 칫솔을 문 채 화장실 앞에서 순서를 기다리고 있었다.

"좋은 아침. 조금만 기다려."

화장실 안에서 엄마가 소리쳤다. 유리카가 그런 행동

을 하면 화를 내면서 말이다.

　매주 금요일 저녁 6시가 되면 '토마리 원전 가동을 중지시키고자 하는 사람들'이 삿포로의 옛 도청인 '빨간 벽돌 건물' 앞으로 모여든다.

　아이를 데리고 나오는 엄마들이나 회사를 마치고 돌아가는 사람들이 모이기 쉬운 장소다.

　모이는 이유는 홋카이도의 도지사인 타카하시 하루미 씨에게 '재가동에 반대하라'고 촉구하기 위해서이다. 이 도지사는 중앙정부의 통산성 출신이었다.

　"근데요, 도지사가 여자 맞지요?"

　유리카는 궁금한 것은 뭐든지 토모에 상에게 물었다.

　"그렇다면 원자력발전에 반대해야 되는 것 아닌가요?"

　"그런데 그렇지 않은 것 같아. 자식도 손자손녀도 있을 텐데."

　이미 그 데모에 토모에 상의 친구가 직접 참가해서 여러 사람들도 만나보고 용기와 힘을 얻고 왔다고 했다.

　"그러니까 우리 세 명이 함께 가 보자. 그렇게 할 거지?"

토모에 상이 진지하게 의견을 물었다.

"어쩌지……. 피곤하기도 하고, 회사에서 회식도 있다고 하고……."

엄마는 아침 식사 만들기에 여념이 없다. 곧 토모에 상이 먹을 몫까지 식탁에 내놓았다.

"난 갈 거예요. 가 보고 싶어요."

유리카는 이미 마음을 정했다.

"좋았어. 결정한 거야! 끝나고 맛있는 거 사 먹고 오자."

토모에 상이 나서서 결정하지 않으면 엄마는 그런 과감한 결정을 내리지 못한다.

원전 때문에 가족 모두가 엄청난 곤욕을 치르고 있으면서도 대부분 사람들은 데모나 교섭 같은 것은 누군가가 대신해 주기를 바란다. 엄마도 항상 그러는 편이었다.

세 사람은 지하철을 타고 예전에 도청 건물로 쓰던 빨간 벽돌 건물 앞으로 갔다. 벌써 100명 이상이나 모여 있었다.

토모에 상은 보자기에 싸 온 플래카드를 꺼냈다. 세 장이었다.

유리카는 큰 입을 벌리고 외치는 소녀 그림 밑에 큰 글씨로 '원전 멈춰라!'고 쓴 플래카드를 가슴에 걸었다.

곧이어 토모에 상의 친구인 유미 짱이 도착했다. 웃으면서 손을 휘휘 내젓고 있는 아기를 업고 있었다.

"가장 젊은 남자 참가자 료우세이입니다. 잘 부탁합니다."

유미 짱은 몸을 굽혀 료우세이를 유리카 얼굴에 가깝게 대 주었다.

"유리카입니다. 잘 부탁합니다."

인사를 했으나 유감스럽게도 료우세이는 즐거운 표정이 아니다. 그러다 토모야의 얼굴을 보고서야 빙글빙글 웃었다.

"자녀는 남자아이 셋! 중3, 초6, 그리고 등에 업힌 이 녀석. 셋 모두 아빠는 다르답니다. 이 아이의 아빠는 오늘 일이 바빠 오지 못하지만, 매주 참가하고 있어요. 다음에 꼭 같이 만나요."

유미 짱은 엄마에게 연신 말을 걸었다. 아마 토모에 상에게 유리카 가족에 대한 것을 이미 들은 것 같았다.

"유미 짱. 그런 이야기는 다 하지 않아도 되는데."

"괜찮아요. 모두가 사실인걸요. 난 이제 진실만을 말하기로 했어요. 처음부터 이렇게 터놓고 말하는 것이 마음 편해요."

"하긴 그래. 원전 폭발도 사실이잖아요. 바다로 방사능 같은 독극물을 흘려보내고 있기 때문에 전 세계가 입고 있는 피해가 체르노빌보다 몇 배나 더 크다고 하잖아요."

"체르노빌 폭발 때 난 열다섯 살이었어요. 정치가들이 일본은 안전하다, 그따위 러시아 것과는 다르다, 이렇게 말했던 것을 확실하게 기억하고 있어요."

엄마가 말을 시작하자 주위 사람들이 모여들었다. 곧 유미 짱이 엄마 이야기를 이어받았다.

"그럼 내가 다섯 살 때네요. 지금의 유리카보다 훨씬 어렸죠. '어린 아이일수록 방사능에 약하다.' 그런데도 우리 부모님도 이웃 어른들도 어느 누구도 원전을 건설할 때 반대하지 않았어요. 나는 샤코탄과 가까운 곳이 친정집이에요. 샤코탄의 경치는 절경이라고 치켜세우면서도 그곳과 가까운 토마리에 원전을 3개나 건설할 때 반대하지 않았죠. 지금까지도 그래요. 왜 일본인은 정부가 하는 말을 무조건 철석같이 믿어 버리는 걸까요?"

유미 짱이 좀 더 말을 이어 가려 할 때, 집회가 시작되었다.

작은 받침대를 연단 삼아 차례차례 그 위로 올라가 의견을 말했다.

피부는 젊은데 머리가 하얗게 센 사람이 나서서 말했다.

"안전농업을 시작한 지 5년째 되었습니다. 쌀, 콩, 고구마를 생산해서 주로 택배로 보내고 있습니다. 도쿄, 교토 등지의 고객들이 좋아하고 있습니다. 그러나 여러분! 만약 토마리 원전이 폭발하면 어떻게 되겠습니까? 토마리엔 원전이 3기나 있습니다."

유리카는 깜짝 놀랐다. 원전이 3기나 있다는 것을 전혀 몰랐다.

"지금 토마리 원전은 정기 점검으로 한 기도 가동되지 않고 있습니다. 그럼에도 전력은 부족하지 않습니다. 이제 도지사가 나서야 합니다. 도지사는 재가동에 반대하라! 반대하라!"

그가 목청껏 외쳤다.

저녁인데도 빨간 벽돌집을 보러 온 관광객들이 놀라워하며 데모하는 것을 구경했다.

바로 그때, 경찰관 두 명이 다가왔다.

"스피커는 사용하지 않겠다고 약속했잖습니까? 더 이 상 이 구역을 사용할 수 없습니다. 중지하세요!"

이미 집회 인원은 300여 명을 넘어서고 있었다. 아이 들을 데리고 온 가족도 있고, 퇴근길에 들른 사람들도 있 었다. 집회 인원들이 경찰관을 둘러쌌다.

"여긴 도청 앞뜰입니다. 연못도 있고, 아름다운 이곳은 모두 도민의 것입니다. 이곳에서 집회하는 것이 뭐가 나 쁘다는 거죠!"

젊은 여성이 따졌다.

"그렇습니다. 이곳은 밤에도 개방하는 정원입니다. 관 광객도 찾는 곳입니다. 그런데 이렇게 집단적으로 몰려 와서 스피커로 쩡쩡거리는 것은 안 됩니다. 부근 주민들 로부터 고충 민원도 들어왔습니다."

"이 부근에 살고 있는 주민은 별로 없잖아요."

"아뇨, 아파트도 있습니다."

노부부가 앞으로 나왔다.

"가급적 조용히 하겠습니다만, 사람들이 모인다는 것 은 걱정하는 사람이 그만큼 많다는 의미가 아니겠소. 누 구의 지시로 나온 사람들도 아니고, 모두가 자유 의지로 참가한 사람들이오. 이것이 도민들의 민의이자 의지가 아니겠소!"

그러자 이번에는 경찰관이 뒤로 빠지고, 도청의 직원으로 보이는 사람이 앞으로 나왔다.

"이것은 집회가 아닙니다. 데모로 인정하겠습니다. 집회 허가를 취소합니다. 즉시 이곳에서 나가 주세요!"

경찰관 10여 명이 로프를 팽팽히 잡아당기면서 밀고 들어왔다.

그 뒤로 눈에 띄게 체격이 좋은 남자들이 양복을 입고 줄지어 서 있었다.

"저 사람들은 어디 사람이에요?"

유리카가 토모에 상의 손을 잡아당기며 물었다.

"경찰관! 사복 경찰들이야."

"싸움으로 번지는 것은 싫어."

엄마가 말했을 때, 아직 학생으로 보이는 젊은 여자가 메가폰을 잡고 외쳤다.

"여러분! 절대 마찰이 생기지 않도록 해 주세요. 일단 이 구역 밖으로 나갑시다. 인도로 나가 계속하겠습니다. 걸으면 데모 행진에 해당하기 때문에 일주일 전에 신고를 해야 합니다. 그러니까 인도 위에서 서서 이야기하면 됩니다."

사람들이 굼실굼실 도로에서 인도로 올라왔다. 인도로 나오는 행렬이 계속 이어졌다.

진행을 맡은 스텝으로 보이는 사람이 모두에게 주의를 주면서 돌아다녔다.

"인도 한쪽은 반드시 열어 놔 주세요. 교통 방해라고 지적받지 않도록 해 주세요!"

연세가 지긋한 노부부가 발언대 위에 섰다.

"국가나 지자체에 반대라고 말할 자유가 점점 옥죄여 오는 느낌입니다. 그렇지만 우린 지지 않을 겁니다. 올바른 길은 언젠가는 반드시 이깁니다. 힘을 냅시다!"

큰 박수가 터져 나왔다. 그 박수 소리가 파도처럼 널리 퍼져 나갔다.

유미 짱이 말했다.

"사복 경찰, 정말 싫다. 뭔가 시비가 생기면 즉각 체포할 태세야."

"그러겠지. 기다리고 있는 눈치잖아."

토모에 상이 이런 말을 하고 있을 때, 지팡이를 짚은 두 명의 나이 많은 여성이 토모에 상에게 다가왔다.

"저것들 마치 위장 순찰차 같잖아요? 방심하게 해서 위반하면 빨간 경고등 켜고 사이렌 울리며 뒤쫓아 오잖아요."

주위에 웃음이 퍼졌다.

유리카는 웃지 않았다.

속도위반은 나쁜 것이다. '원전을 중지해 주세요.'라고 말하는 것도 나쁜 일일까? 속도위반과 같이 나쁜 것일까?

이때 사회를 보던 젊은 남자가 토모에 상을 불러냈다. 발언을 해달라는 요청이었다.

토모에 상은 지금이야말로 유리카와 엄마가 나설 때라 생각했는지 엄마의 팔을 끌었다.

"부탁해요. 후쿠시마에서 피난을 오게 된 사정을 이야기하면 돼요. 모두가 듣고 싶어 할 거예요."

엄마는 나서기가 어려웠다. 아직 말할 준비가 안 되었기 때문이다. 엄마는 유리카의 손을 끌고 사람들 뒤로 숨어 버렸다.

토모에 상이 곤란해 하자 유미 짱이 나섰다. 유미짱은 마이크를 잡고 연단 위에 섰다.

"저는 오늘 제 자신을 위해서 온 게 아닙니다. 이 아이를 위해서, 이 료우세이를 위해서……."

여기까지 말하고 유미 짱이 울음을 터트렸다. 유미 짱

은 감정이 북받쳐 뒷말을 잇지 못한 채 그냥 서 있었다.

사람들이 위로하듯 크게 박수를 쳤다. 박수 소리가 노을이 지고 있는 하늘로 퍼져 나갔다.

그 하늘에서 아카시아 꽃향기가 흩어져 내렸다.

마음의 상처를 입고

데모가 끝나고 모두 라면집으로 갔다.

그곳까지 가는 길에는 아무런 고민도 없이 태평해 보이는 사람들로 가득했다.

"엄마, 왜 말하지 않았어요?"

엄마는 크게 한숨을 내쉬었다. 그리고는 된장라면을 주문한 뒤에, 미안하다고 사과했다.

"미안해요. 아무리 해도 말을 할 수가 없었어. 토모에상, 미안해요."

"괜찮아. 마음에 두지 말아요. 그래도 뭔가는 전해졌을 거라 생각해요. 유미 짱만 하더라도 료우세이를 안고 그냥 울고만 있었잖아요. 그럼에도 전해질 것은 전해지는 법, 사람들이 바보는 아니잖아요. 틀림없이 전해졌을 거예요."

"그래, 좋아요. 난 간장라면! 울었더니 배가 고파요. 좀 먹어야겠어요."

유미 짱이 큰 소리로 떠들자 료우세이도 덩달아 시끄러워졌다.

엄마는 라면 국물만 마시고 면은 거의 남겼다. 아, 내가 먹어 드릴게요, 라고 말하려는 순간 엄마가 고개를 들었다.

"그런데 삿포로 사람들, 모두가 친절하고 고맙기는 한데, 대부분 '망설이지 않고 피난 온 것은 잘한 일이야, 잘한 일!'이라고 거침없이 말하거든요. 그런 말을 들으면 좀 당황스러워요. 후쿠시마를 떠나 올 때도, 그리고 지금도 내가 잘했다고 잘라 말하기는 곤란한데 말이지요. 그런 마음이 잘 통하지 않아요. 우리는 가족, 같이 일하던 회사 사람들, 친척, 노래방 친구, 그리고 귀여워하던 애완동물과도 억지로 헤어져야 했어요. 남은 사람도 힘들었고, 떠나온 사람도 괴로웠지요. 이런 마음을 데모 자리에서 뭐라고 말하기가……."

"알겠어요, 알 것 같아요."

젖가슴을 살짝 꺼내어 료우세이 입에 물려 주면서 유

미 짱이 말했다.

엄마는 많은 말을 했다.

엄마를 특히 안타깝고 힘들게 했던 것은 뒷전에서 험담을 하거나 노골적으로 원망을 하며 부딪쳐 오는 사람들이었다.

—우리들은 피난을 떠날 돈도 없다. 간다 해도 그곳 역시 일자리는 없다. 어떻게 하라는 거야?

—노인과 남편을 버리고 가는 모양인데 그러고도 뒤끝이 좋을 것 같아?

—조상 무덤을 버리고 도망가서 얼마나 좋은 꼴을 보겠다고!

—모두 떠나면 주민 자치회는 어떻게 되는 거야? 저만 살면 동네고 관청이고 어떻게 되든 상관없다는 것이야?

그런 원망에도 후쿠시마를 떠나온 것은 토모에 상의 권유 때문이었다. '생명이 제일 먼저, 그 밖의 것은 다섯 번째!

사실 유리카도 라면집에서 하고 싶은 말이 있었다. 그러나 모두에게 말하기가 괴로워 입 안으로 삼키고 말았다. 마음속으로만 이렇게 말했다.

'학교에서 친하게 지내던 친구와 헤어졌어요. 나라고

왜 안 힘들었겠어요. 배웅 나온 유카코와는 서로 어깨를 붙잡고 엉엉 울었어요. 파로의 빨간색 목줄을 살 때 함께 가 주었던 사토는 집이 가까운데도 결국 만나지도 못하고 왔어요. 아빠나 할머니나 나나 왜 안 힘들겠어요!'

그날 밤 집으로 돌아오면서 유리카는 생각했다.

말하고 싶은 것을 참은 것은 잘한 일이라고. 말을 했다면 엄마는 더 괴로웠을 것이다.

여름이 되기 전, 유리카는 토모에 상과 둘이서 한 번 더 데모에 참가했다.

데모라기보다는 '도청 주변의 인도를 걷는 집회'였다.

스텝들은 함께 걸으며 주의 사항을 전하느라 바빴다. 인도의 한쪽은 열어 놓으세요. 비워 두세요.

그 집회에서 유리카는 너무 재미있는 사람을 만났다. 이야기를 재미있게 하는 어떤 아저씨였다.

정수리 부분은 머리숱이 거의 없고 그 둘레 머리만 남았는데 긴 백발이었다. 그 긴 머리를 여중생처럼 땋아서 묶고 있었다.

뒤에서 보면 15살, 목소리를 들으면 100살 같다고 유리카는 생각했다.

"나는 여든 살입니다. 만으로 일흔아홉이지만, 세는 나이로 팔십이 맞습니다. 왜냐하면 일 년간 엄마 배 속에서 살았기 때문입니다. 그것을 생각지 않고, 태어나면서 제로 살이라는 것은 이상하잖습니까? 절대로 영 살이 아닙니다."

주위에서 박수를 치는 사람이 있었다.

"그런데 여러분! 국가란 무엇 때문에 있는 거지요? 지진, 쓰나미로부터 국민을 지키고, 천재지변으로부터 국민을 지키기 위해 있는 것 아닌가요? 그런데 말이지요. 원전 폭발 사고는 천재가 아닙니다. 어디까지나 인재입니다. 인간이 한 일입니다. 국가가 선두에 서서 진두지휘해 왔던 '국가시책'의 결과입니다. 과연 국가는 인재로부터 국민을 지키고 있습니까? 오히려 인재를 늘리는 방향으로 나가는 것 아닌가요?"

주위가 조용해졌다. 정곡을 찔러서인지 박수조차 없었다.

"국책 중에서 폐해의 으뜸은 전쟁입니다. 저 오키나와 전투에서 국가는 주민을 지켰습니까? 전혀, 아주 완벽하게 지키지 않았습니다. 지킨 것은 국민이 아니라 천황이 있는 나라, 이 나라 형태뿐입니다."

잠시 고요한 정적에 휩싸이는가 싶더니 곧바로 굉장한 박수가 터져 나왔다. 박수 파도가 멀리 퍼져 나갔다.

토모에 상은 무아지경에 빠져 박수를 쳤다. 얼마나 세게 박수를 쳤는지 손바닥이 빨갛게 되었다. 토모에 상은 그 손을 유리카에게 보여 주었다.

"등도 굽어 백 살은 돼 보였는데, 말씀하신 내용은 스무 살 청년이었어. 야, 굉장했어. 나이 같은 것은 믿을 게 못 돼!"

"토모에 상, 저분 사실은 70세가 아닐까요?"

토모에 상이 유리카의 몸을 잡아 이리저리 흔들어 댔다. 토모에 상이 기분이 좋을 때 하는 표현이다.

"오늘 유리카, 너무 멋있어! 어른 같아. 유리카, 열여덟 살이지?"

"넵! 사실은 그렇답니다."

"그런데, 옆에서 볼 때 코가 낮은 걸로 봐서 역시 열 살짜리 귀염둥이야."

"어, 그건…… 얼굴에 대해 뭐라는 건 옳지 않아요. 너무해요."

"앗, 미안! 진실을 말해 버렸어. 미안!"

"정말 너무해요!"

이로써 이 다음에는 라면집이 아니고 프랑스요리집이 될 것이라 생각했다. 여기에 생각이 미치자 유리카는 즐거워 견딜 수가 없었다.

다시 할머니를 만나서

할머니. 왜 답장을 안 하시는 거예요?

'무소식이 희소식'이라고 예전에 가르쳐 주셨기 때문에 걱정은 안 하지만…….

유리카는 일부러 편지를 짧게 썼다. 답장을 짧게 마음 편하게 쓰시라는 할머니에 대한 배려였다.

조금이라도 빨리 배달되었으면 하는 바람에 유리카는 자전거 페달을 밟아 지하철역 앞의 커다란 우체통까지 부치러 갔다.

유리카는 수영 실습이 싫었다. 5학년 여자아이들 중에 가장 살찐 편이기도 했지만, 가슴이 부풀어 오른 것도 보이기 싫었다. 그럼에도 여름방학 전이었기 때문에 이날의 수영 시간은 열심히 했다.

그날 할머니에게서 답장이 왔다.

유리카.

할머니는 아주 건강하단다. 가설 주택 이웃들에게 요리를 가르치느라 바빴을 뿐이란다.

강낭콩을 이용한 요리만 해도 세 종류나 만들어야 해서 힘들었어. 깨소금을 넣고 달달하게 무친 것이 가장 인기였지.

유리카, 걱정하지 않아도 돼.

그런데 다음 날 늦은 밤에 아빠로부터 전화가 왔다.

"할머니가 다치셨다. 뒤로 넘어져서 꼬리뼈, 미골에 금이 갔어. 바지를 입으려다가 뒤로 넘어지신 모양이야. 바지 같은 것을 입을 때는 앉아서 입으시라고 그렇게 말씀드렸는데도……."

편지로는 건강하다 해 놓으시곤……. 불쌍한 할머니, 유리카는 살짝 눈물을 훔쳤다.

엄마가 결연한 표정으로 말했다.

"유리카. 8월이 되면 엄마는 후쿠시마에 다녀와야겠

어, 추석 성묘도 하고."

할머니의 부상이 어느 정도인지 똑똑히 보고 오겠다는 것이다.

"유리카도 가고 싶어. 괜찮지요? 내가 가면 할머니가 기력을 차릴 거야. 재활운동도 도와드릴 거고요."

엄마는 그 자리에서 바로 비행기표를 예약했다.

홋카이도는 여름이 짧다. 8월 한 달 내내 방학인 본토와는 달랐다.

유리카와 엄마는 8월이 되자 바로 할머니 댁으로 갔다. 할머니는 퇴원해서 가설 주택에 계셨다.

할머니는 생각했던 것보다 훨씬 건강했다. 집에서는 휠체어를 사용하지 않아도 될 정도였다. 벽면 손잡이를 잡고 혼자 화장실도 갈 수 있었다.

"우와, 벌써 나으셨네요. 다행이에요."

유리카는 할머니 무릎에 덥석 달려들었다.

"어이쿠, 뼈에 또 금 가겠다."

할머니는 유리카를 슬쩍 밀쳐내고 대신 어깨를 꼭 잡고 안아 주었다.

"와, 깜짝 놀랐네. 우리 유리카, 완전히 숙녀가 되어 버렸네, 우와!"

할머니가 바닥에 앉아 눈이 부신 듯 유리카를 바라보았다.

"아직 중학생은 아니지?"

"할머니, 뭐라시는 거예요. 저 아직 5학년이에요."

체격만 보고 깜짝 놀라는 할머니가 미웠다. 마음속도 봐 주셨으면 하고 유리카는 생각했다. 얼마나 보고 싶은 할머니였는데.

엄마와 아빠는 소파에서 무릎을 나란히 하고 앉아 싱글벙글 이쪽을 보고 있다. 토모야는 처음에는 아빠 곁으로 가려 하지 않았다.

엄마가 소파에서 일어나 바닥에 앉더니 두 손을 앞으로 모아 바닥을 짚었다.

"어머님이 고생하셨는데 도와드리지 못해 정말로 죄송합니다."

할머니는 노여워하는 표정은 아니었으나 아무 말도 하지 않았다.

"너는 유리카와 토모야를 지켰잖아. 그걸로 충분해."

아빠가 대신 말했다. 아빠는 평소에는 당신, 이런 호칭을 썼는데, 할머니 앞이라 그런지 엄마를 '너'라고 불렀다. 아빠는 햇볕을 받지 못해서 그런지 희고 여위었다. 유리카에게 처음으로 자전거 타는 법을 가르쳐 주었던 아빠였는데.

　전에 살던 집을 돌아볼 수 있는 단 한 시간의 허가가 주어졌다. 곧 추석이기 때문에 잠깐이라도 집을 보고 싶어 하는 사람들을 위해 공무원이 버스로 데려다주기로 한 것이다.

　할머니는 단 한 시간뿐인데도 도시락까지 준비했다.

　"그래, 파로를 만날 수 있어!"

　유리카는 흥분에 들떴다. 치마를 벗어 던지고 바지로 갈아입었다.

　"아이들은 들어갈 수 없대. ……유리카, 넌 데려갈 수가 없어."

　"왜? 왜 그러는데요?"

　"금방 돌아올 테니 토모야를 부탁해."

　"왜? 왜? 나도 갈 테야!"

　"알잖아!"

　"몰라! 여자라서 그런 거야?"

　"그래. 얌전히 기다려."

"싫어! 엄마도 할머니도 여자잖아요!"

"너, 정말! 알고 있잖아……. 토모에 상이 말했지? 앞으로 아기를 낳을 사람이 가장 중요하다고!"

"아직 낳지 않잖아요!"

울어도 들어주지 않았다. 버스가 오자 할머니, 아빠, 엄마 세 명이 탔다.

"할머니, 파로 꼭 만나고 와요!"

할머니는 유리카의 등을 손바닥으로 다독거렸다.

아이들은 안다

세 사람은 생각했던 것보다 빨리 돌아왔다. 오래 머물면 방사능 오염이 걱정되기 때문이었다.

아빠는 맥이 풀렸는지 어깨를 늘어뜨리고 힘도 없어말 붙이기가 어려울 정도였다.

태어나고 자란 곳인데 이제는 집도 동네도 없다. 있지만 없는 것이나 마찬가지였다.

엄마는 할머니를 부축해서 아주 천천히 집 안으로 들어왔다. 두 사람 모두 안색이 좋지 않았다.

할머니는 유리카의 어깨를 잡고 말했다.

"유리카, 파로는 건강하더구나."

"정말요! 와아, 대박! 어디 있었어요?"

"우리들 곁으로는 오지 않더구나. 다른 개들과 같이

뛰어다니고 있었어. 빨간색 목줄을 하고 있어서 멀리서
도 금세 알아볼 수 있었지."

유리카는 눈물이 나올 것 같았다.

혼자 남겨졌을 때 얼마나 고통스러웠을까. 유리카를
원망했을지도 모른다.

방사능이 잠잠해지면 반드시 돌아올 거야, 파로. 그때
까지 건강하게 살아 있어야 돼!

그때였다.

엄마가 일어나더니 유리카의 눈을 가만히 들여다보았
다. 냉정하기도 하고, 괴로움이 역력한 눈빛이었다.

"유리카, 알고 있는 거지? 진실을⋯⋯."

엄마 눈을 마주 보는 것이 괴로워 유리카는 잠깐 눈길
을 돌렸다. 그러다가 아빠와 눈이 마주쳤다. '생각하고
있는 것은 뭐든지 말해도 좋아.' 아빠의 눈이 그렇게 말
하는 듯했다.

"할머니, 여기 앉으세요."

유리카는 할머니와 방석 위에 마주 보고 앉았다.

"할머니, 진실을 말해 주세요. 저 이제 꼬맹이가 아니
에요. 무슨 말을 들어도 괜찮아요. 아무렇지 않으니까 여
기를 보세요."

유리카는 가슴을 뒤로 젖히고 평소에는 밑으로 내리고 있던 머리카락을 쓸어 올렸다. 보세요, 다 컸잖아요.

유리카는 단숨에 말했다.

"저, 파로는 살아 있지 않을 거라 생각해요. 왜 그러느냐면 말이죠, 저는……."

더 이상 말을 할 수가 없었다. 눈물을 참느라고 목소리도 나오지 않았다.

"절대로, 살아 있지 못할 거야."

유리카는 눈물을 훔치며 할머니를 보았다. 할머니는 눈을 크게 뜨고 있었지만 눈가 주름으로 눈물이 번지고 있었다.

"미안, 미안해. 유리카."

할머니는 벽면 손잡이를 짚으며 비틀비틀 화장실로 들어갔다.

"죽었다고 생각해. 살아 있을 리가 없잖니?"

파로에 대해 솔직한 말을 들은 것은 토모에 상과 삿포로에서 열린 '후쿠시마를 알 수 있는 사진전'을 보러 갔을 때였다.

사람이 떠나면서 남겨둔 소가 고삐가 묶인 채 굶어죽

은 사진도 있었고, 숲 속에서 죽어 있는 동물 사진도 있었다.

자원봉사 활동을 하는 사람들이 남겨진 개나 고양이를 돌봐 주러 들어간 지역도 일부 있지만, 방사능이 강한 곳에는 접근조차 할 수 없었다. 개를 구조하러 갔으나 사람을 보면 도망쳐 버리는 경우도 많았다고 했다. '사람을 믿을 수 없게 된 것입니다.'라고 TV에서 말하는 사람도 있었다.

그때 토모에 상이 말했다.

"처음엔 곤충이나 산새들도 있었을 거야. 그렇지만 몸집이 작은 것일수록 방사능에 약하기 때문에 죽고 말았을 거고, 그러면 고양이나 개는 먹을 것이 없어지는 거지. 선택할 수 있는 것은 서로가 서로를 잡아먹는 것! 어쨌든 살아남기 위해서는 먹어야 하니, 어찌 보면 개나 고양이가 동족을 잡아먹고라도 사는 것은 당연한 이치인 거지. ……약한 고양이는 강한 고양이에게 잡아먹히고, 그 고양이는 개에게 먹히고, 또 개도 약한 녀석은 강한 개에게 잡아먹히고……. 결국엔 강한 개도 잡아먹을 것이 없어지고. ……이건 정말 괴롭고 끔찍한 일이야."

겨우 화장실에서 나온 할머니 앞에 유리카가 바짝 다가앉았다.

"할머니. 고마워요. 사실을 다 말해 주지 않은 것, 정말 감사해요."

크고 강한 개가 파로를 습격하는 장면이 떠오르지 않도록 유리카는 눈을 감고, 그 위를 손바닥으로 가만히 눌렀다.

그날 밤, 다섯 식구는 나란히 이불을 펴고 옹기종기 한자리에 모여 잤다.

엄마는 아빠와 함께 맨 가장자리에 눕고, 유리카는 할머니 이불과 바짝 붙어서 누웠다. 유리카가 손을 쭉 뻗으면 토모야와 아빠가 만져졌다.

"유리카. 그때, 참 잘했어."

엄마가 누운 채 모두가 들을 수 있도록 큰 소리로 설명을 했다.

도청 옆 도로 집회에 세 번째 참석했을 때의 일이었다.

유리카가 드디어 사람들 앞으로 불려 나간 것이다.

"여러분! 이 소녀는 엄마와 동생, 셋이서 원전 사고 닷새 후 후쿠시마에서 이곳으로 피난 온 아이입니다."

주위에서 박수가 터졌다.

"자, 아무것이라도 좋으니 이야기해 봐요. 지금 느끼는 기분이라도 괜찮고."

유리카는 하고 싶은 이야기는 많았지만, 모르는 사람들 앞에서 뭘 어떻게 이야기해야 좋을지 정리가 되지 않았다.

"5학년, 유리카입니다."

겨우 이 말만 할 수 있었다.

토모에 상이 대신해서 단상 위로 올라왔다.

"여러분! 제가 유감스럽게 생각하는 것은, 아이들의 미래를 생각하지 않는 어른들이 너무 많다는 것입니다. 또 하나는 국민 대다수는 정부가 하는 말을 너무 믿는다는 겁니다. 원전은 나라가 하는 일이니 어쩔 수가 없다, 이렇게 생각한다면 국가 정책을 의심하고 감시할 수 있는 능력을 스스로 저버리게 되는 것입니다."

와! 하는 함성과 박수가 터졌다.

"이제는 아이들에게 기대를 거는 수밖에 없습니다. 진실로 그렇게 생각합니다. 아이들이 희망입니다. 그랬잖습니까? '임금님은 벌거숭이!'라고 처음으로 알려 준 것도 아이였습니다. 아이였어요!"

유리카는 그때를 생각하면, 누워 있는 지금도 몸이 뜨거워지는 것 같았다.

〈에필로그〉

가을이 시작되고 있다.

유리카는 더 이상 살이 찌지 않도록 신경을 쓰고 있다.

같은 반 남자아이들이 이걸 놀려 댈 때도 있었다.

"이거 반 나눠 줄까?"

입도 대기 전의 스파게티 접시를 일부러 책상으로 가
져오는 것이다.

"노 쌩큐. 고마워."

거절하는 방법도 세련되어졌다.

그렇지만 수요일의 스튜는 정말 참기 어려워 2인분을
먹어 치울 때도 있었다.

요즘 유리카의 기분이 더 밝아진 것은 자작나무 줄기
처럼 가늘었던 아야카가 최근 살이 많이 올랐다는 것이

다. 아야카를 더 살찌게 만들고 싶다.

"이거 줄게."

유리카는 가끔 급식으로 나온 빵을 먹지 않고 아야카에게 내밀곤 했다.

"쌩큐! 우리 집 피터 녀석 간식거리로 줄게."

정말일까? 자기가 먹지 않을까? 아야카 엄마가 잼 만들기 명인이니 틀림없이 잼을 발라 먹을 거야, 분명해. 그렇지만 유리카는 드러내어 말하지 않는다.

후쿠시마에서 돌아온 뒤, 엄마는 유리카에게 휴대폰을 빌려 주곤 했다.

"그것 봐, 전화로 이야기하는 게 빠르지. 자, 이제 숙제 해야지. 숙제 아직 안 끝냈지?"

그렇지만 유리카는 편지를 먼저 쓰기로 했다.

할머니. 딱 한 가지 곤란한 일이 생겼어요. 함께 살면 편지를 못 쓰잖아요. 1학년 때 했던 것처럼 종이 상자로 우체통을 만들어서 '우편물 왔습니다' 놀이라도 해야 할 것 같아요.

할머니, 결심 잘하셨어요.

이사는 언제 오세요?

진짜 엄마가 마중 나가지 않아도 괜찮아요?

엄마와 아빠가 말씀드렸겠지만, 지하철로 네 정거장 떨어진 곳에 할아버지가 입원하실 병원도 정해졌어요.

이삿짐은 정말 아무것도 가져 오지 않아도 돼요. 토모에 상처럼 생활해 봐요.

월급은 적지만 아빠 직장도 좋은 자리가 결정될 것 같아요.

토모에 상이 돈 없이도 즐겁게 살 수 있는 방법을 가르쳐 주었는데, 우리도 그렇게 시작하면 좋을 것 같아요. 저도 구두건 옷이건 새것을 사고 싶은 마음이 없어요.

토모에 상이 할머니에게 편지 쓸 때 확실하게 쓰라고 해서, 그래서 써요.

'잊지 말아야 할 것은 틀니와 속옷!' 눈 딱 감고 과감하게 물건들을 버려 주세요.

할머니, 언제 오실 거예요?

아마 '가지 말아요, 가지 마세요.' 이렇게 말리는 사람들도 분명 있을 거예요. 그렇지만 할머니는 이미 결심하셨으니까 괜찮아요.

언제 오세요?

유리카는 생각한다.

눈이 펑펑 내리기 전에 오셨으면 좋겠다. 그래 맞아,
첫눈 오는 날이 좋겠다.

등나무 빨간 열매에 하얀 눈이 내려 앉아 있는 풍경을
할머니와 할아버지, 그리고 아빠에게 보여 주고 싶다.

후쿠시마가 주는 교훈

후쿠시마!

전에는 잘 몰랐던 도시였는데 요즘은 후쿠시마란 이름이 참 익숙해졌습니다.

일본에는 '시마'라는 말이 붙은 땅이름이 많습니다. 2차 세계대전 때 핵폭탄이 터졌던 히로시마, "독도는 우리 땅!"할 때 나오는 쓰시마……. 일본 말로 '시마'는 '섬'이란 뜻입니다. 일본은 섬으로 이루어진 나라이기 때문에 지명에도 흔히 '시마'가 붙지요. 후쿠는 '복(福)'이란 뜻이니, 후쿠시마는 우리나라 말로 하면 '복 받은 땅'입니다. 실제로 후쿠시마는 과일과 온천의 고장으로, 기후가 따뜻하고 동쪽에서 시원한 바닷바람이 불어오는, 삶터로서 최적의 조건을 갖추고 있습니다. 이웃해 있는 바다에는 어자원이 풍족한데다 산 쪽에서는 목장도 하고 뽕나무를 길러 누에도 치고, 목화도 기를 수 있습니다. 이런 후쿠시마는 여러 면에서 우리나라 울진과 닮았습니다. 태평양을 동쪽에 두고 해안을 따라 길게 자리 잡은 마을의 형태도 비슷하고, 서쪽의 높은 산지를 이용하여 농사도 짓고 목축도 하면서, 어업으로 생계를 꾸리는 생활 모습도 비슷합니다. 울진 근처에 부산이 있듯이 일본 후쿠시마 가까이에는 도쿄라는 큰 도시가 있기도 합니다.

후쿠시마!
그러나 이제 '후쿠시마'는 핵발전소 붕괴, 방사능 오염의 상징적인 도시가 되었습니다.
2011년 일본 동북쪽 해안가에 몰아닥친 엄청난 지진과 쓰나미, 그에 이은 후쿠시마 핵발전소의 붕괴는 전 세

계 사람들을 공포에 떨게 했습니다. 마치 우리나라 재난 상상 영화 '해운대'가 현실로 나타난 것 같은 착각을 불러일으킬 정도였으니까요. 일본은 큰 충격에 빠졌습니다. 2차 세계대전 때 미국에게 핵폭탄을 맞았는데, 이번에는 스스로 핵폭탄을 맞은 꼴이 된 것입니다. '피폭'(원자폭탄이나 수소폭탄의 폭격을 받음. 또는 그 방사능으로 인해 피해를 입음.) 경험이 있는 일본 사람들은 방사능 물질이 얼마나 위험한 것인지 너무나 잘 알고 있기 때문이지요. 사건 4년이 지난 지금도 후쿠시마는 방사능 오염에서 벗어나고 있지 못하고, 그 여파로 일본 사람 전체가 신경을 곤두세우고 있습니다.

이에 비해 바로 이웃에 살고 있는 우리나라 사람들은 후쿠시마 핵발전소가 붕괴되었다는 사실만 알지 그 오염이 얼마나 심각한지, 피해 상황이 어떻게 되는지, 그곳 사람들은 어떻게 살고 있는지에 대해서는 잘 모릅니다.

정보도 많지 않고 크게 관심도 없습니다. 강 건너 불구경 하듯 그저 태평합니다.

핵발전소 폭발이 얼마나 무서운 것인지는 이미 구소 련의 체르노빌이 생생하게 보여준 바 있습니다.

1986년 체르노빌에서 발생한 핵발전소 폭발은 20세 기 최대·최악의 사건으로 꼽힙니다. 당시 31명이 죽고, 그 뒤 6년간 발전소 해체 작업에 동원된 노동자 5,700여 명과 이 지역 민간인 2,600여 명이 사망하였습니다. 현 재까지도 수십만 명이 암, 기형아 출산 등 각종 후유증을 앓고 있는 것으로 전해지고 있습니다. 재앙은 단순히 체 르노빌에 그치지 않았습니다. 폭발 사고가 나면서 세슘, 제논가스 등 방사성 물질이 다량 누출되었는데 이것이 바람을 타고 인근의 우크라이나, 벨로루시, 스칸디나비 아 반도 등 유럽 전역으로 퍼져 나간 것입니다. 이런 영향으로 방사능에 노출된 사람만도 800만 명에 이른다고 합니다.

방사능은 직접 피폭이 되든 바람, 공기 등을 통해 간접적으로 오염되든 위험하긴 마찬가지입니다. 한번 몸속으로 들어온 방사능은 쉽게 빠져나가지 않고 그대로 쌓이기 때문입니다. 이렇게 축적된 방사능은 당사자뿐 아니라 자식들에게도 치명적인 영향을 끼쳐 기형아 출산 등으로 이어집니다.

그렇다면 후쿠시마는 어떨까요?

방사능 누출 위험도에서 결코 체르노빌 폭발 사고에 뒤지지 않습니다. 사고가 터지고 한 달 뒤인 4월 12일 일본 정부는 후쿠시마 제1원전의 사고 수준을 7등급으로 격상한다고 공식 발표했는데, 이는 원자력 사고의 최고 위험 단계로 체르노빌 원자력발전소 사고와 같은 등급입니다.

핵발전소 붕괴로 다량의 방사능이 누출되면서 후쿠시마 주민 1만6천여 명이 고향을 떠났고, 이 가운데 1만2천여 명은 아직도 집으로 돌아가지 못하고 있습니다. 지난 2013년 9월 도쿄신문이 자체 조사한 결과에 따르면 당시까지 방사능에 의해 사망한 사람이 1천 명 가까이 되는 것으로 나타나고 있습니다. 대를 이어 나타날 잠재 희생자가 얼마나 될지는 짐작조차 하기 어렵습니다.

사실 핵발전소는 이유야 어찌되었든 사고가 나는 순간, 그 자체로 재앙입니다.

핵발전소는 바닷물을 끌어들여 원자로가 과열되지 않도록 식히는 방식으로 가동합니다. 그래서 대부분 핵발전소는 후쿠시마나 우리나라 울진처럼 바닷가에 있지요. 쉽게 말해 바닷물이 원자로 주위를 한 번 돌고 나오는 것입니다. 그러니 후쿠시마 핵발전소가 붕괴된 이후, 그리고 핵 연료봉을 제거하는 단계에 있는 지금까지 얼마나 많은 오염수가 바다로 흘러갔겠습니까. 일부 전문가들은 오염수와 함께 바다로 흘러간 방사능이 현재 4만7천조 베크렐로 추정하고 있습니다. 아무튼 이 어마어마한 방사능이 바다로 흘러갔고, 그에 오염된 물고기, 어패류들이 현재 일본 근해를 거쳐 더 먼 바다까지 떠돌고 있는 것입니다. 2014년 보도에 따르면 일본산 수산물이 우리나라에서 3천 톤 이상 수입 판매되었다고 하니 우리도 결코 방사능 오염으로부터 자유롭지 못합니다.

토양 오염도 심각합니다. 후쿠시마 핵발전소 붕괴 당시 방사능에 오염된 많은 흙을 부대에 담아 쌓아 놓았는데 태풍에 쓸려 이게 다 어디론가 사라졌습니다. 오염된 토양에서 자란 풀을 먹고 자란 가축들도 방사능 물질에 오염될 위험이 있습니다. 그 가축의 고기를 섭취하게 되면 2차 피해로 이어집니다.

지금 후쿠시마 핵발전소 인근 지역은 사람들의 출입을 엄격하게 제한하지만, 동물들은 통제가 쉽지 않습니다. '후쿠시마에 두고 온 파로'처럼 발전소 붕괴 당시 버리고 간 가축들은 아직 그곳에서 살고 있습니다. 주인이 먹이를 주지 않으니 스스로 이동하면서 먹이를 구해야 합니다. 당연히 그들에 의해 오염 물질이 다른 곳으로 이동됩니다. 우리나라에 구제역이란 전염병이 돌 때 사료 운반차나 전염병 지역을 지나간 차량 때문에 전국으로 퍼진 이치와 같습니다. 죽은 가축의 고기를 먹은 새들에 의해 핵물질은 더 멀리 이동할 수도 있습니다.

체르노빌은 우리나라에서 보면 북서쪽에 있고, 후쿠시마는 동쪽에 있습니다. 말하자면 우리나라 서쪽과 동쪽 모두에서 핵발전소 사고가 난 것입니다. 그런데도 우리나라 사람들은 자신과는 전혀 상관없는 일처럼 무감각하게 살고 있습니다.

우리나라에도 핵발전소가 많습니다. 경남에 있는 고리 1호기처럼 7년 연장을 거쳐 이제 수명이 다한 것도 있고, 울진 1~6호기처럼 현재 운영 중인 원자력발전소도 있습니다. 고장이 잦다거나, 불량 부품을 사용했다거나 하는 아찔한 소식이 종종 뉴스를 통해 전달되는 가운데에서도 현재 핵발전소 21기가 가동 중이고, 5기가 추가로 건설 중에 있습니다.

최근에는 동해안에 위치한 삼척과 영덕에서 새로운 핵발전소 건설이 추진되고 있습니다. 이를 둘러싼 찬반 논쟁과 주민 간 의견 대립이 치열하게 벌어지고 있고요. 정부는 늘어나는 전기 수요를 감당하기 위해서는 발전소 추가 건설이 불가피하다면서, 해당 지역 주민들에게 선물할 복지 예산을 공개하는가 하면 경제적인 풍요를 가져다줄 깨끗한 원전에 대한 청사진을 홍보하고 있습니다. 홍보 내용만 보면 우리의 미래는 별걱정 없이 무사튼튼합니다. 그런데 여기에는 어느 시사평론가가 지적한 것처럼 가장 중요한 질문이 빠져 있습니다.

"핵(방사능)의 본질을 정확히 알리지 않고 있다. 군사적 핵이건 평화적 핵이건, 통제 불능의 재앙적 요소에 대해서도 말이 없다. 히로시마에 떨어진 핵폭탄과 체르노빌, 후쿠시마에서 일어난 원전 사고가 동일한 물질에 의한 재난이었다는 것도 알리지 않는다. 오히려 원자폭탄보다 더 무서운 것이 원전 사고로 인한 방사능 유출이라는 사실에 대해서도 침묵하고 있다."

2015년도 노벨문학상을 수상한 알렉시예비치는 자신의 논픽션 『체르노빌의 목소리』를 통해 인류가 진보라고 믿는 원자력발전소의 평화적 활용이, 사실은 언제든

인류의 종말을 앞당길 수 있는 '괴물'로 돌변할 수 있음을 생생하게 증언하고 있습니다. 그는 말합니다.

"방사능은 (사람을) 바로 죽이지 않는다. 5년이 지난 후에는 암에 걸려도 아무런 관심을 받지 못했다. 그러나 러시아 환경단체가 수집한 통계에 따르면 체르노빌 사건 이후 150만 명이 사망했다. 지금도 진행형이다. 이에 대해서는 모두 침묵한다."

체르노빌과 후쿠시마가 주는 교훈은 엄중합니다.

더 이상 핵발전소를 안 짓고도 살 수 있는 길을 모색하는 것이 무엇보다 시급하다는 것입니다. 우선 전기를 아껴 쓰는 삶의 방식을 고민해야 합니다. 신고리 원자력발전소에서 생산한 전기를 대도시로 옮기는 과정에서 벌어진 밀양 송전탑 갈등도 전기를 과소비하는 우리의 욕망에서 비롯된 문제이기도 합니다. 평생 가꿔온 삶터를 한순간에 송전탑에 내주게 된 한 할머니의 말씀대로 '전기는 눈물을 타고' 흐르는 것입니다. 더 많은 전력이 필요하다는 주장에는 우리가 지금 쓰는 전력량과 도시의 풍요를 포기할 수 없다는 욕망을 전제로 하고 있습니다. 지금처럼 퍼 쓰면 지구 자원을 모두 재생 가능한 에너지로 바꿔도 전기 소비량을 감당할 수 없습니다. 우리는 주어진 한계 내에서, 이 책『후쿠시마에 두고 온 빨간 목줄의 파로』의 토모에 상처럼 지혜롭게 에너지를 사용하는 삶의 방식을 선택해야 합니다.

아울러 태양에너지를 전기에너지로 바꾸는 태양광발전소라든지 바람을 이용한 풍력발전소라든가 하는 대체에너지 개발에도 머리를 맞대야 합니다. 실제로 독일 같은 나라는 2022년까지 현재 가동 중인 핵발전소 17기를 모두 폐쇄한다는 방침을 세워 놓고 대체에너지 개발에 박차를 가하고 있습니다.

아무튼 지혜를 모아 현재와 미래를 살릴 수 있는 희망을 만들어야 합니다. 우리는 지금 후손들이 써야 할 자연과 미래를 미리 당겨쓰고 있다는 사실을 한시도 잊어서는 안 됩니다.

임덕연

의왕 내손초등학교 교사

환경을 생각하는 전국교사모임 공동대표